"上下五千年"国学书系

读故事赏古诗

（四）

陈昳 陈朗 编著

少年儿童出版社

目　录

山水田园

2　敕勒歌　［北朝］民歌
4　观沧海　［三国］曹操
6　归园田居·其三　［晋］陶渊明
8　终南望余雪　［唐］祖咏
10　题破山寺后禅院　［唐］常建
12　过故人庄　［唐］孟浩然
14　望岳　［唐］杜甫
16　鸟鸣涧　［唐］王维
18　早春呈水部张十八员外二首·其一　［唐］韩愈
20　江雪　［唐］柳宗元
22　城东早春　［唐］杨巨源
24　题西林壁　［宋］苏轼
26　四时田园杂兴　［宋］范成大
28　小池　［宋］杨万里
30　游园不值　［宋］叶绍翁

亲友送别

34　送别诗　［隋］佚名
36　送杜少府之任蜀州　［唐］王勃
38　芙蓉楼送辛渐　［唐］王昌龄

40 别董大 ［唐］高适
42 送友人 ［唐］李白
44 送杜十四之江南 ［唐］孟浩然
46 渭城曲 ［唐］王维
48 送友人 ［唐］薛涛
50 赋得古原草送别 ［唐］白居易
52 别滁 ［宋］欧阳修
54 寄黄几复 ［宋］黄庭坚
56 于郡城送明卿之江西·其二 ［明］李攀龙
58 寄陈伯玑金陵 ［清］王士祺
60 游子吟 ［唐］孟郊

行旅从军

64 凉州词 ［唐］王之涣
66 凉州词 ［唐］王翰
68 出塞 ［唐］王昌龄
70 逢入京使 ［唐］岑参
72 子夜吴歌·秋歌 ［唐］李白
74 使至塞上 ［唐］王维
76 夜上受降城闻笛 ［唐］李益
78 雁门太守行 ［唐］李贺
80 泊船瓜洲 ［宋］王安石
82 池州翠微亭 ［宋］岳飞
84 剑门道中遇微雨 ［宋］陆游
86 别云间 ［明］夏完淳

咏史怀古

- 90　咏史·其六　［晋］左思
- 92　登幽州台歌　［唐］陈子昂
- 94　登黄鹤楼　［唐］崔颢
- 96　越中览古　［唐］李白
- 98　与诸子登岘山　［唐］孟浩然
- 100　蜀相　［唐］杜甫
- 102　乌衣巷　［唐］刘禹锡
- 104　赤壁　［唐］杜牧
- 106　汉宫词　［唐］李商隐
- 108　汴河怀古　［唐］皮日休
- 110　台城　［五代］韦庄
- 112　夏日绝句　［宋］李清照
- 114　金陵怀古　［元］王冕

思乡怀人

- 118　西北有高楼　［汉］佚名
- 120　赠范晔诗　［北朝］陆凯
- 122　望月怀远　［唐］张九龄
- 124　回乡偶书　［唐］贺知章
- 126　月夜忆舍弟　［唐］杜甫
- 128　杂诗　［唐］王维
- 130　次北固山下　［唐］王湾
- 132　枫桥夜泊　［唐］张继
- 134　问刘十九　［唐］白居易
- 136　夜雨寄北　［唐］李商隐
- 138　商山早行　［唐］温庭筠

140 沈园 [宋]陆游
142 思故乡第一百五十六 [宋]文天祥

咏物抒怀

146 橘颂（节选） [战国]屈原
148 长歌行 [汉]乐府
150 七步诗 [三国]曹植
152 蝉 [唐]虞世南
154 春夜喜雨 [唐]杜甫
156 相思 [唐]王维
158 清明 [唐]杜牧
160 金缕衣 [唐]杜秋娘
162 观书有感 [宋]朱熹
164 墨梅 [元]王冕
166 石灰吟 [明]于谦
168 竹石 [清]郑燮
170 己亥杂诗 [清]龚自珍

172 附录 古诗作者索引

山水田园

敕勒①歌

[北朝]民歌

敕勒川②，阴山③下。
天似穹庐④，笼盖四野。
天苍苍⑤，野茫茫。
风吹草低见⑥牛羊。

注释

① 敕勒：古代北方的一个游牧民族。
② 川：平川、平原。
③ 阴山：在今内蒙古自治区北部的一条山脉。
④ 穹庐：用毡布搭成的帐篷，即蒙古包。
⑤ 天苍苍：苍，青色。天苍苍，天蓝蓝的。
⑥ 见（xiàn）：同"现"，出现，显露。

导读赏析

宽广辽阔的草原图画

"蓝蓝的天上白云飘，白云下面马儿跑"，著名歌唱家胡松华曾经用悠扬的歌声给我们展示了美丽的草原，在一千多年前，草原地区的少数名族也给我们留下了他们眼中壮观美丽的草原景象。

《敕勒歌》是古代敕勒人歌唱自己美丽家乡和美好生活的民歌，最初是由鲜卑语译成汉语的。虽然我们现在已经无法听到当时的人唱这首歌的曲调，但是我们依然可以从保存下来的歌词里感受到大草原的壮美景色。

"敕勒川，阴山下"，开头两句就以高亢的气势表明了自己家乡的位置，我们生活的敕勒川在高耸云霄的阴山脚下，那真是一片好地方，平川广阔，山脉高耸。我们那里的天和地都一望无际，分外广阔。"天似穹庐，笼盖四野"，那天空就像我们平时居住的圆顶帐篷一样，将茫茫草原的四面八方都笼罩在其下。这两句里，敕勒人用自己日常生活的帐篷作比喻，形象而又生动地给我们展现了辽阔的天空覆盖宽广的草原，天地相接的壮阔景象，使人感到分外亲切。"天苍苍，野茫茫，风吹草低见牛羊"，是敕勒人对自己幸福生活的歌颂，天空是那样辽阔，草原是那样宽广，风儿一吹，吹弯了牧草，还可以看见我们放牧的成群的牛羊。寥寥数语，向我们描绘出了水草丰美、牛羊肥壮的牧民生活景象，显示出了天空的辽远、原野的无垠，也显示出牧民博大的胸襟和豪放的性格。

《敕勒歌》这首民歌，语言平白，风格质朴，浑然天成，就好像是从敕勒人心底自然流泻出来的歌，从歌声中，我们仿佛可以感受到北国草原牧民的豪爽，感受到他们对大草原壮丽风景的赞美，对敕勒川草美羊肥的歌颂，对草原生活的热爱，以及他们内心的喜悦和幸福。

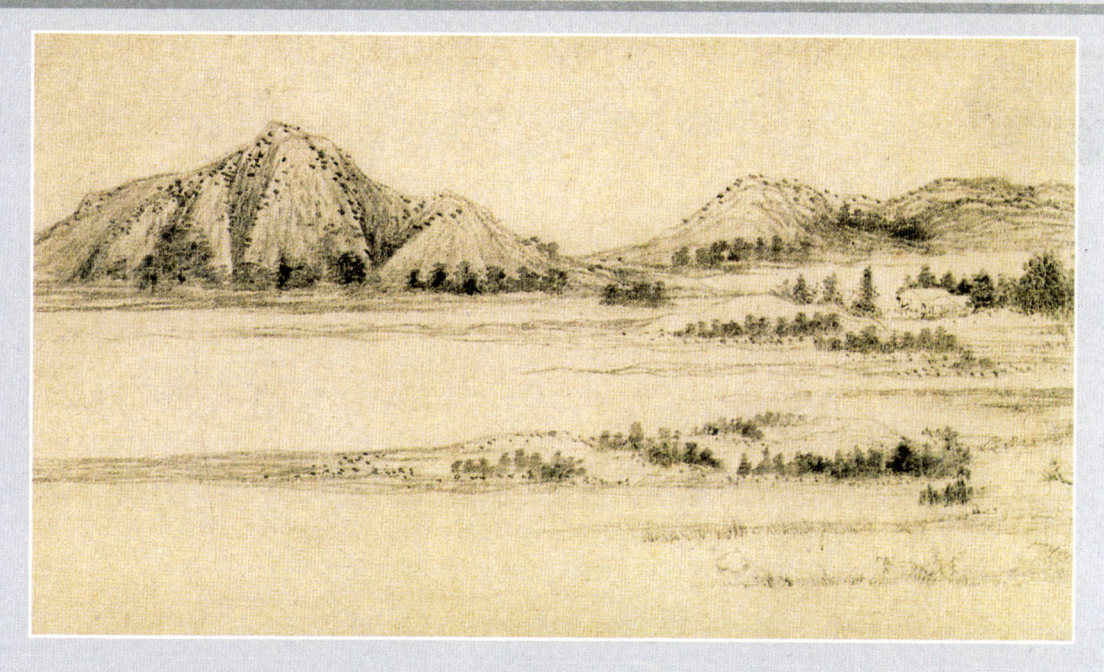

趣闻轶事

玉璧之战

南北朝时期，北魏分裂为东魏和西魏，东魏西魏之间不停地发生战争。公元546年，发生了玉璧之战，这是东西魏之间的第五次大战。

这一年冬天，50多岁的东魏大臣高欢率领十万大军攻打西魏的重要基地玉璧，想要打开一条西进的道路。西魏的韦孝宽率军防守，与东魏的大军形成对峙。

高欢好几次发动部队攻城，但是都没有成功。细思之后觉得，既然强攻不下，那就只能智取了。于是命令部下在城南面修起一座土丘，想要居高临下，顺势发起进攻，破城而入。没想到韦孝宽派人在城内的高楼上建造了一个瞭望台，严密侦察、防守。高欢修土丘攻城的方法未能奏效。他又另外派人在城南挖地道，在城北修土山。不料韦孝宽又洞悉了高欢的想法，也派人在城内挖战壕，在里面储备大量的柴草，只要敌兵一到就立即将他们烧死。高欢又想出了另一个计策，他命令部下打造了一些无坚不摧的尖锐的战车。可是韦孝宽又派人缝制了一些巨大的布幅，让战车不能顺利前进。高欢见战车的战斗力瞬间下降了，于是他又让人在战车上绑了一些木杆，往上面浇油，想把韦孝宽安排的巨大的布烧掉。韦孝宽则又派人做了一些铁钩，并在上面安上锋利的砍刀，等高欢的战车一过来，远远地就将有火的杆子砍断。高欢的计策又一次失败了。

高欢每想出一个计策来攻城，韦孝宽就会有一个办法来破解。这样经过了十来个回合，高欢苦战了60天，士兵死伤将近7万人，但还是没有攻下玉璧城，反而让敌军占领了土山。高欢一气之下就病倒了。这时，地方军中传出了高欢中箭阵亡的谣言，高欢为了稳定军心，振奋士气，勉强打起精神，让军中的斛律金唱起家乡的民歌《敕勒歌》，高欢也领头高唱。军队中剩下的战士听着歌唱自己家乡的歌曲，想起自己美丽宽广的大草原，现在打了败仗，家乡可能再也回不去了，纷纷流下了伤心的泪水。

高欢因为这次战斗损失惨重，郁郁寡欢，两个月后，就离开了人世。

观沧海①

[三国] 曹操

东临②碣石③，以观沧海。
水何澹澹④，山岛竦峙⑤。
树木丛生，百草丰茂。
秋风萧瑟⑥，洪波⑦涌起。
日月之行，若⑧出其中；
星汉⑨灿烂，若出其里。
幸⑩甚至⑪哉，歌⑫以咏志⑬。

注释
① 沧海：我国古代对东海的称呼。
② 临：登上，游览。
③ 碣（jié）石：山名，在河北省昌黎县北，后沉入海中。
④ 澹澹（dàn）：水波动荡的样子。
⑤ 竦（sǒng）峙：耸立，挺立。
⑥ 萧瑟：形容风吹树木的声音。
⑦ 洪波：波涛，大波浪。
⑧ 若：好像。
⑨ 星汉：天河，银河。
⑩ 幸：庆幸。
⑪ 至：极点。
⑫ 歌：作歌，作诗。
⑬ 志：志向。

导读赏析

豪迈壮美的海山秋色

大海在不同的时间有不同的模样，在不同的人眼里，它也呈现出不一样的风貌。曹操这首《观沧海》就为我们描绘了一幅他眼中的豪迈壮美的海山秋色图。

"东临碣石，以观沧海。水何澹澹，山岛竦峙。"向东登上碣石山，以便观赏东海。登高一望，只见水波浩淼，层层荡漾，周围山和岛屿层层叠叠，挺拔耸立。这几句诗总揽大海全貌，为我们勾勒出了大海壮阔、山岛高峻的图景。"何"是赞叹之词，表现出诗人对于这种壮观景象的赞美。

接着，诗人细细描绘了所见的大海景色。"树木丛生，百草丰茂。秋风萧瑟，洪波涌起。"这几句一静一动，有山有水。山岛之上，树木繁茂，百草丰美，虽然是草木凋零的秋天，这里却仍然一片生意盎然的景象。秋风一起，吹得树叶沙沙作响，大海中更是波浪奔腾，拍打着沿岸。风声、树声、浪涛声融合在一起，形成了震天的气势，让人叹为观止！

诗人不仅看到波澜壮阔的大海，还联想到了广阔无限的宇宙。宇宙之大，无所不包。然而在诗人笔下，"日月之行，若出其中。星汉灿烂，若出其里。"太阳和月亮的运行，仿佛都是从这片大海开始的，那天上的银河，好像也是出自大海，大海的气势仿佛能够吞吐宇宙。可见，在诗人眼中，大海是无比的壮丽，无比的雄奇。

看到如此壮阔的海景，诗人的心中也不禁汹涌澎湃，充满了昂扬向上的精神。诗中写的虽然都是自然景物，但都是诗人内心远大志向的写照，豪迈壮美的海山秋色图映照出的正是诗人积极昂扬的精神和宽广博大的胸怀。

趣闻轶事

以少胜多的官渡之战

东汉末年，各地纷纷起义，形成了群雄割据的局面，袁绍和曹操是北方非常强大的两股势力。

公元200年，袁绍挑选了十万精兵，上万匹战马，想要南下消灭曹操。袁绍南下的消息传来，曹操的许多部下都认为袁绍的军队太强大，根本无法抵挡，但是曹操根据自己对袁绍的了解，做出了精密的部署，派兵在黄河的官渡等重要渡口把守，抵挡袁绍的大军。

袁绍修建了一种高塔，士兵们在上面可以向曹操的军营射箭。曹操的谋士则发明了一种投石车，把在高塔上射箭的人都打了下来。不论袁绍想出什么方法，曹操的谋士都有新的办法对付他。双方坚持了三个月，袁绍还是没有攻下官渡。

曹操当时只有几万人马，坚持了这么久，已经很疲惫，粮食也快吃尽了，有点儿想退兵。但是他的谋士劝他："袁绍那么强大，您坚持这么久了，已经是很大的胜利。现在是最好的时机，只要再坚持，胜利一定是您的。"曹操听了他的话，一方面鼓励战士继续战斗，一方面竭力捕捉有利的战机。袁绍军中有位谋士名叫许攸，他看出曹操后方空虚，于是建议袁绍绕过官渡，攻打许都，但是袁绍不听，还说："你曾经是曹操的朋友，难道想来欺骗我？"于是把许攸赶了出去。许攸特别生气，连夜逃到了曹操的军营中。曹操当时正在睡觉，听到许攸来了，高兴得鞋都没穿，就跑出去迎接，并热情地招待。许攸很感动，他告诉曹操，只要派人劫走袁绍的粮食，袁绍必败。

曹操听了特别高兴，第二天晚上，就派了一支军队，打着袁绍的旗号，偷偷来到袁绍存放粮食的地方，一把火把他们的粮食烧得干干净净。袁绍没有了粮食，士兵们开始惊慌起来。曹操趁机向袁绍发起进攻，袁绍抵挡不住，只带了七百骑兵逃走了。

官渡之战后，曹操又用了几年的时间，彻底消灭了袁绍在北方的势力，统一了北方。

归园田居·其三

[晋] 陶渊明

种豆南山①下，草盛豆苗稀②。
晨兴③理荒秽④，带月荷锄⑤归。
道狭草木长，夕露沾我衣。
衣沾不足⑥惜，但⑦使愿无违！

注释
① 南山：指庐山。
② 稀：稀少。
③ 兴：起床。
④ 荒秽：荒芜，指田园中的杂草。
⑤ 荷锄：扛着锄头。
⑥ 不足：不值得。
⑦ 但：只。

导读赏析

宁静的田园牧歌

俄罗斯画家伊里亚·叶菲莫维奇·列宾的名画《伏尔加河上的纤夫》，描绘了一群饱经风霜的劳动者，充分表现了俄罗斯劳动人民的悲惨生活，使人对劳动人民产生巨大的同情心。但是在中国诗人的眼里，田间的劳作却是充满了安宁和诗意的，诗人陶渊明就用平淡的语言，为我们勾画了一幅田园牧歌式的劳作图。

这首诗像是日常生活的一个片段。"种豆南山下，草盛豆苗稀"这句就像是一个老农的闲谈，用最平淡的语言告诉我们，诗人在南山下种豆，并且因为对农务不熟悉，以至于杂草茂盛豆苗稀少。然而诗人对于这种情况并不在意，仍然在田间乐此不疲，"晨兴理荒秽，带月荷锄归"是诗人乐于农活的真实写照。清晨便起床清理豆间的杂草，晚上才归来，一天的劳作本是辛苦的，但是诗人的心情却很愉快。月光洒满田野，扛着锄头，沿着田间小路往家走，这是多么优美的画面！"道狭草木长，夕露沾我衣"，这是田园生活十分常见的事情，道路狭隘，但是草木却长得高，天色已晚，草上凝结了点点露水，沾湿了诗人的衣裳。虽是小小一笔，却为最后两句做好了铺垫。"衣沾不足惜，但使愿无违"是全诗的主旨。衣裳沾湿并不值得可惜，只要使我坚守自己的意愿，不违背内心的想法。诗人借此抒发自己安贫乐道，不与世俗同流合污的理想，为了达到这个愿望，一切的艰难都是微不足道的。

这首诗最大的特点就在于诗人用最平淡的语言、最常见的景象，表现出了田园生活的优美和诗意，传达出了内心的果断和坚定，让人回味无穷。

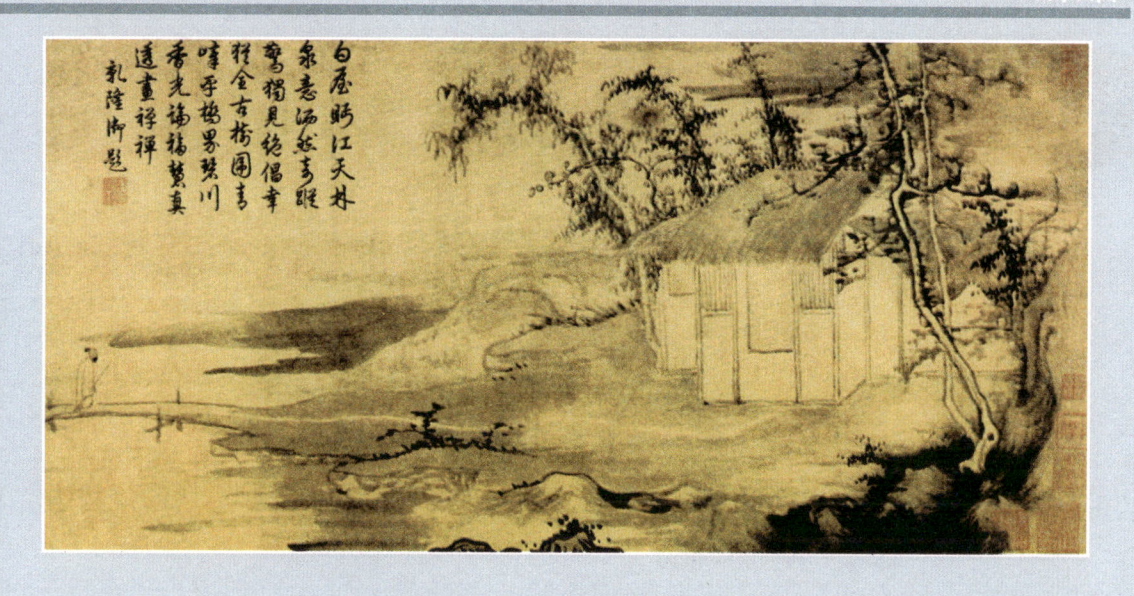

趣闻轶事

不为五斗米折腰的县令

东晋后期的著名诗人陶渊明，是名门之后。他的曾祖父陶侃是东晋赫赫有名的大司马。陶渊明从小就聪颖博学，能写一手好文章，并且怀有高远的志向。

为了生存，陶渊明做过小官，但是因为看不惯官场上的黑暗，不久便辞官回家了。后来他又陆续做过一些地位并不很高的官职，过着时而隐居、时而为官的生活。

公元405年，为了养家糊口，陶渊明在朋友的劝说下，来到离家乡不远的彭泽当县令，这也是陶渊明最后一次做官。陶渊明清正廉洁，兢兢业业。这年冬天，郡里派督邮来检查公务，这位督邮平时贪婪成性，远近闻名，总是趁着巡视的时候向地方官员索要贿赂，不向他进献的人则会遭到陷害。他一到彭泽县的行馆，就差县吏去叫县令见他。陶渊明平时生活简单，向往清净，从不肯趋炎附势，对粗俗傲慢的人很瞧不起，但是督邮叫他又不得不去见，于是只好起身出门。这时，县吏拦住了他，并告诉他："参见督邮要穿官服，并且束好大带，不然督邮会认为大人您不尊重他，从而对您不利。"陶渊明心里本就对督邮假借上司名义发号施令的做法很不满意，听到县吏的话以后再也无法忍受了。他长叹一声，道："我岂能为了五斗米的俸禄而向小人折腰？要我低声下气向这些小人献殷勤，我做不到！"说完，他取出了自己的官印，并写了一封辞职信，就离开了只当了八十多天县令的彭泽。

陶渊明辞官后，一面耕种田园养活自己，一面读书作文消遣生活，过得逍遥自在，十分自由。他这种不同流合污、坚持内心纯净的品质和气节也不断受到后世的赞扬。

终南①望余雪②

[唐] 祖咏

终南阴岭③秀，
积雪浮云端。
林表④明霁⑤色，
城中增暮寒。

注释
① 终南：山名，指终南山，在长安（今陕西西安）南面。
② 余雪：还没有融化的雪。
③ 阴岭：北面的山岭，山的北面背向太阳，因此称为阴。
④ 林表：树林表面，即林梢。
⑤ 霁（jì）：雨后或雪后初晴。

导读赏析

阔大清新的终南雪景

你印象中下雪是什么样子的呢？在古代，有许多诗人写诗吟咏雪，但是每首写出来的景象都各不一样，现在我们就跟着唐代诗人祖咏去欣赏一下终南山的壮丽雪景吧！

诗人首句一起，气势就很开阔。从长安城中放眼远望，终南山北面的山色显得多么秀美！"秀"字总结了终南山岭的总体景色。接着，诗人呈现给了我们具体的美景，终南山高耸入云，山上的积雪好像在云端浮动一般。雪、云、山组合在一起，自然图景美妙绝伦，"浮"字又通过动态的手法，使静态的自然景观充满了动感和生气，于是，我们仿佛看到，高大秀丽的终南山高耸入云，山顶还满布着没有融化的积雪，白云在山间穿过，衬得积雪如同浮在飘渺的云端。这种壮丽的景观，同时也映衬着诗人宽广的心胸和凌云的志向。

诗的后两句，诗人运用了对比的手法，在描写美妙景色的同时，又抒发了自己的感慨。雪后初晴，阳光普照，整个山林的树梢都洒上了一层淡淡的金色，树林表面一片明亮，"霁色"为壮

丽的终南山雪景添加了一抹清新，使得景色更加可人。末句，诗人想到，虽然景色如此之美，但是阳光照耀积雪，寒光闪耀，却给长安城中的人增加了日暮之下的寒冷。这种美与不完美的对照，不仅显示出了诗人开阔的心胸和凌云的志向，同时也隐含着关心城中百姓的可贵精神。

趣闻轶事

祖咏的情怀

古人写诗，很喜欢写山山水水，这种题材，掌握了一定的方法以后，写起来是不难的，但是要写出格调和境界，却不是一件容易的事。一旦有人写出有境界的山水诗，那就一定会流传千古，祖咏就是其中之一。

一年冬天，祖咏进京参加进士考试，考试的题目叫《终南望余雪》。按照规定，参加考试的人都要写一首五言律诗。祖咏平常写诗的时候，常常下很大的工夫琢磨，但是看到这个题目的时候，却思如泉涌，片刻之间就写下四句：

终南阴岭秀，积雪浮云端。
林表明霁色，城中增暮寒。

当大家都还在思索立意结构的时候，祖咏就把自己的考卷交了上去。考官一看，见只有区区四句，连考试最基本的要求都没有达到，正要责备他轻率，祖咏礼貌地说道："小生觉得已经将要表达的诗意都说尽了，不必再多写。"考官听后，仔细品味祖咏的诗，发现虽然只有短短四句，却描绘了终南山的胜景，而且还包含着一种悲天悯人的情怀，确实是一首好诗。结果，祖咏就凭着这首诗考中了进士。

后来，祖咏的这首短诗被广为传唱，清代著名诗人王士禛就说，祖咏的这首《终南望余雪》和陶渊明的"倾耳无希声，在目皓已洁"、王维的"洒空深巷静，积素广庭闲"等并列，为咏雪的"最佳"作。

然而，片刻之间写下清新脱俗的咏雪诗的祖咏，后来的生活却不是很顺利。他生活非常清贫，他的好朋友王维甚至写诗说，他和祖咏相交二十年，几乎没见祖咏过过一天安闲的日子，到了晚年甚至要靠捕鱼砍柴为生。不过，正是因为祖咏平时生活清贫，懂得穷苦人的生活不容易，所以才会有一种悲天悯人的情怀，写出来的诗才分外感人。

题破山寺①后禅院

[唐] 常建

清晨入古寺,初日②照高林③。
曲径通幽处,禅房④花木深。
山光悦⑤鸟性,潭影空⑥人心。
万籁⑦此都寂,但余钟磬⑧音。

注释

① 破山寺:又名兴福寺,在今江苏常熟市西北虞山上。南朝齐人倪德光(曾任郴州刺史)舍宅而建。
② 初日:早晨刚升起的太阳。
③ 高林:树林。
④ 禅房:僧人修行礼佛的地方。
⑤ 悦:使动用法,使欢悦、使高兴。
⑥ 空:使动用法,使空明。
⑦ 万籁:各种声音。
⑧ 钟磬(qìng):佛教法器,用来召集众僧人。

导读赏析

幽静的佛家禅院

美好的景色总会让人陶醉其中,王维陶醉于描写幽静的山林,在他的笔下,山林总是充满了空明纯净的美感。常建的这首《题破山寺后禅院》,与王维的山水诗一样,用简练的笔法,描绘了寺院幽静的环境,传达出一种宁静平和的美。

这是诗人游览寺院时写下的。"清晨入古寺,初日照高林",点明了游览的时间。清晨进入古寺,初升的旭日照射着寺院参天的大树。清晨,万物刚刚苏醒,充满了生机,游人稀少,古寺和高林传达出历史悠久、环境幽深的感受,清晨、古寺、高林,组合在一起,创造出清幽的氛围。"曲径通幽处,禅房花木深",进一步描写古寺幽静的环境。古寺往里,只见蜿蜒的小路通向幽静的地方,修行礼佛的禅院掩映在幽深的花草树木中。诗人这两句描绘了小路、禅房的景致,通过"幽"和"深"进一步表现出了寺院的静谧。

"山光悦鸟性,潭影空人心",对仗工整,通过环境对别的事物的影响来衬托寺院环境的幽深美妙。初日照耀青山,隐隐透出明净的光,这古寺中明净的山光让鸟儿欢悦,深潭平静的倒影让人忘掉俗念,使人内心纯净。"悦"和"空"两字,十分巧妙地让原本静止的山和水充满了灵性。此情此景,仿佛让诗人悟到了佛门的真谛,那就是摆脱尘世烦恼,心中不存一丝杂念。"万籁此都寂,但余钟磬音",既通过声音烘托环境,又总结了诗人悟道后的升华。大自然和人世间的一切声音都寂灭了,只有钟磬悠扬的声音,从远处缓慢地传来。古寺宁静的钟磬之音,仿佛纯净的佛音,引出诗人对纯净境界的向往,也透露出诗人对幽静的隐逸生活的渴望。

这首诗构思和意境精致优美,诗人描写环境层层深入,在描绘幽静的寺院环境时让人体会宁谧纯净的美感,意在言外,耐人寻味。

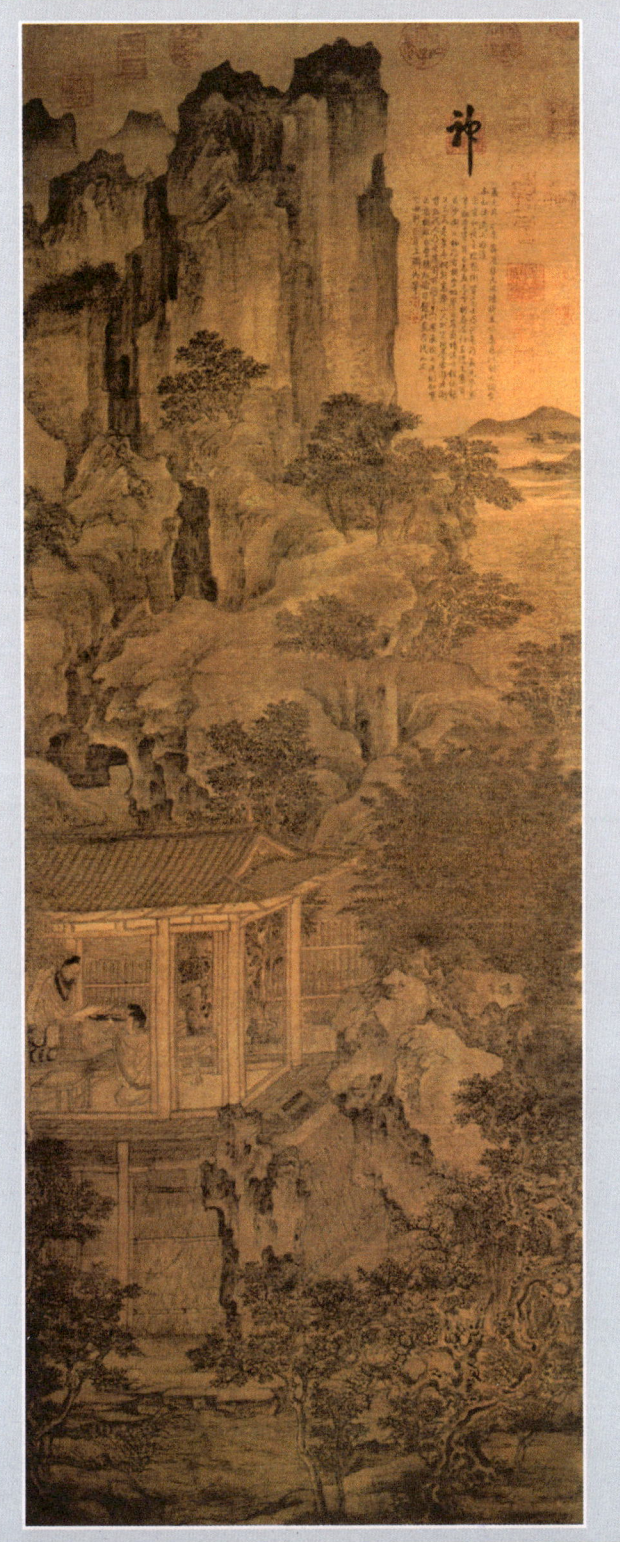

趣闻轶事

常建山谷采药的传说

常建是唐代有名的诗人，他和王昌龄一起考中进士，但是做官做得不是很顺利，就干脆辞官隐居去了。

常建隐居期间，经常去一些幽深的山谷中采药。传说，有一次他去仙谷中采药，遇到了一个神奇的女子，这个女子浑身都长满了绿色的毛。常建一看，吓了一大跳，他本来还幻想着能遇到神仙，但是却遇到了一个像妖怪一样的人。于是他什么也不顾，拔腿就跑，这个时候，女子开口说道："公子不要惊慌，我不是妖怪。"常建听到声音，才不那么惊慌，转过身来慢慢地问道："姑娘你是什么人？为什么是这样？"那个女子微笑着说道："我本来是秦代时皇宫里的宫女，因为战争才逃到这个山谷里来的。当时我很饿，就采了一些松叶吃，没想到吃完就不饿了，也不会觉得冷了。我已经在这山谷里住了很多很多年了，没想到今天遇到了公子。"常建听了，感到十分惊讶，秦代到唐代已有近千年，这个女子居然还这么年轻，一定是有什么神奇的方法，于是和这个女子攀谈起来。这个女子见常建很好奇，人也很好，就传授给了他很多养生的方法。常建回去以后，就按这个女子说的做，果然也保养得很好。

这个虽然是传说，但是我们却可以感受到常建渴望隐居山林的想法，他写的诗也经常传达出这种清静幽深的意境。

过①故人庄

[唐] 孟浩然

故人具②鸡黍③，邀我至田家。
绿树村边合④，青山郭⑤外斜⑥。
开轩⑦面场圃⑧，把酒⑨话桑麻⑩。
待到重阳日⑪，还⑫来就菊花⑬。

注释

① 过：访问。
② 具：备办。
③ 鸡黍：鸡和黄米饭，指农家待客的丰盛饭食。
④ 合：环绕。
⑤ 郭：外城。古代城墙，常常有内外两重。
⑥ 斜（xiá）：挺拔耸立的意思。
⑦ 轩：指窗户。
⑧ 场圃：场，打谷场；圃，菜园。
⑨ 把酒：端着酒具，指饮酒。把：拿起，端起。
⑩ 话桑麻：闲谈农事。桑麻：桑和麻，这里泛指庄稼。
⑪ 重阳日：农历的九月初九重阳节，古人有登高饮酒赏菊花的风俗。
⑫ 还（huán）：仍然，依旧。
⑬ 就菊花：指赏菊和饮酒。就，接近。

导读赏析

恬淡秀美的田园生活

法国著名的雕塑家罗丹曾经说："生活中不是缺少美，而是缺少发现的眼睛。"在普通人眼里，农村故人的招待可能是简朴而又常见的。然而，在诗人孟浩然眼里，与故人在田庄的一次相聚却轻松愉快，充满了诗情画意。

"故人具鸡黍，邀我至田家。"这一开头是极其平常的记叙，没有一点文字上的渲染。故人准备好田家风味的饭食邀我去相聚，这种简朴的形式让人看出招待者的朴实，同时也能感受到诗人随意的心情。"绿树村边合，青山郭外斜"是诗人在赴约路上见到的景色，由于心情轻松，诗人看到的景色也是清新愉悦的。上句落笔近景，村边绿树环绕，村庄别有天地；下句着笔远景，郭外青山相伴，显示出开阔的场景，远近景的结合，给我们描绘出一个清新美丽的村庄。在这样优美的自然环境中，主人和客人相聚应该会十分畅快。"开轩面场圃，把酒话桑麻。"景色让人心旷神怡。轩窗打开，谷场、菜圃映入眼帘，主人和客人饮酒交谈，聊聊桑麻，仿佛将一切忧愁都忘记了。绿树、青山、村舍、场圃、桑麻融合在一处，构成一幅优美宁静的田园风景画，而主客之间的饮酒交谈、欢声笑语更是让人忘却烦恼，沉醉其中。这便是田庄相聚之美，也是诗人笔下虽然平淡却充满诗意的田园生活。"待到重阳日，还来就菊花。"诗人被这种农庄聚谈的氛围深深吸引，临走时还向主人表示，到了秋高气爽的重阳节，再来和主人一起饮酒赏菊。只是短短的两句，故人的热情、诗人作客的愉快、田园的恬淡却都跃然纸上了。

善于发现美的人，生活处处充满美。本诗正是用普通的生活场景、轻松的口头语言为我们展现出恬静秀美的农村风光和淳朴诚挚的朋友情谊，虽然"平淡"，却让人回味无穷。

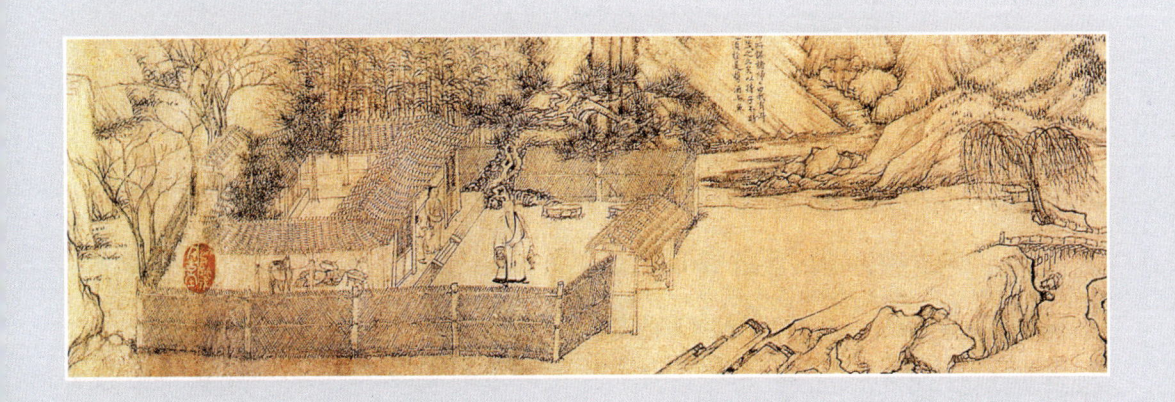

趣闻轶事

不才明主弃

孟浩然年轻的时候一直隐居在鹿门山读书，直到40岁的时候，才游学去京师。有一次，他在太学赋诗，座上的人都对他的才气感到十分佩服，以至于没有人敢和他比诗。张九龄、王维等著名的诗人也都特别欣赏他，孟浩然也对自己的诗才颇有些自负。

有一次，王维私自邀请孟浩然去他的办公处谈诗论画，二人正谈得兴起时，书童匆匆报告："皇上就要驾临了。"王维一听，心里不由得慌张起来，不知道该怎么办，只能先让孟浩然躲在床底下。唐玄宗驾到之后，王维不敢隐瞒孟浩然藏在床底下的事情，因为他怕皇上万一知道之后，自己担当不起"欺君"之罪。不料唐玄宗一听，竟十分高兴："我只听说过他的名字，却还没有见过其真人，何必害怕藏起来呢？"于是下令让孟浩然出来。唐玄宗见这么有名气的诗人站在自己面前，便迫不及待地询问他是否带有自己的作品。孟浩然情急之中并没有准备诗作，于是只能背诵自己不久前作的一首诗："北阙休上书，南山归敝庐。不才明主弃……"听到"不才明主弃"的时候，唐玄宗很不耐烦地打断了孟浩然，说道："我并没有抛弃卿呀，是卿没有来向我求官，卿怎么能在诗中诬赖我没有任用你呢？"说完，就让孟浩然回去了。

自负的孟浩然碰了一鼻子灰，就这样失意地离开了京师。但是由于他在诗歌方面的天赋，依旧成为后人心目中不可替代的诗人。

望岳

[唐] 杜甫

岱宗①夫②如何？齐鲁③青未了④。
造化⑤钟神秀⑥，阴阳割昏晓⑦。
荡胸⑧生层⑨云，决眦⑩入归鸟⑪。
会当⑫凌绝顶⑬，一览众山小⑭。

注释

① 岱宗：泰山，五岳之首。
② 夫（fú）：句首发语词。
③ 齐鲁：齐国、鲁国是春秋时期两个诸侯国，分别处在泰山的北、南两边。
④ 青未了：指郁郁苍苍的山色无边无际。青：指苍翠、翠绿的美好山色。未了：不尽，不断。
⑤ 造化：指大自然。
⑥ 钟神秀：聚集成神奇秀美的泰山景色。
⑦ 阴阳割昏晓：山的南北两面，一面明亮一面昏暗，截然不同。阴指山的北面，阳指山的南面。这里指泰山的南北。
⑧ 荡胸：心胸摇荡。
⑨ 层：重叠。
⑩ 决眦（zì）：眼角（几乎）要裂开。由于极力张大眼睛远望归鸟入山所致。眦：眼角。决：裂开。
⑪ 入归鸟：目光追随归鸟。入：看到。
⑫ 会当：终当，定要。
⑬ 凌绝顶：登上泰山最高峰。
⑭ 小："以……为小"，"认为……小"。

导读赏析

雄伟磅礴的泰山美景

泰山是我国五岳之尊，它雄伟磅礴的气势吸引了古往今来的帝王将相和文人墨客，《望岳》这首千古流传的诗歌，就是我国伟大诗人杜甫青年时登临泰山写下的。它描绘了泰山巍峨的气势和神奇的景色，流露出诗人俯视一切的雄心壮志，意境开阔，格调高昂。

诗人远望泰山，景象是什么样的呢？"岱宗夫如何？齐鲁青未了"，只见郁郁苍苍的山色无边无际，遍布齐鲁大地，"青未了"给读者展示了泰山延绵的苍翠和广袤。"造化钟神秀，阴阳割昏晓"是说泰山神奇秀美的景色，仿佛大自然钟爱而聚集起天地的灵气，泰山高大，耸入云霄，使得山的南北两面迥然不同，仿佛清晓与黄昏两个不同的世界。诗人用"割"字展现泰山广阔奇险的景象，不得不让人惊叹，泰山的气势也在作者的笔下扑面而来了。"荡胸生层云，决眦入归鸟"，写诗人凝神细看泰山景色。只见山中云气层出不穷，心胸也不禁为之荡漾；山气的宽广，令归巢的鸟儿显得小巧，以至于久久地观望归鸟，眼眶似乎也要迸裂。夸张的诗句中，给读者呈现的是一个云浪翻滚的壮丽景象，而归鸟则是一种衬托，山的壮阔衬托出归鸟小巧，归鸟小巧则显出泰山雄奇。在这种雄伟的景色面前，诗人不禁生发出雄迈之心："会当凌绝顶，一览众山小。"一定要登上顶峰，将周围的群山一览无余，表达出诗人不怕困难、敢攀顶峰、俯视一切的雄心和气概。雄伟的泰山面前，周围的群山都显得矮小，诗人登上泰山顶峰，就站在了一个特殊的高度，可以将周围群山甚至天下尽收眼底。这种豪情壮志，和泰山相得益彰！

反复品读这首诗，我们会为诗人所描绘的泰山雄奇之景所震撼，也会被诗人对山河的热爱之情和俯视一切的豪情壮志深深感染。

趣闻轶事

李白和杜甫的友谊

李白比杜甫大11岁，但他们是非常好的朋友。

杜甫24岁的时候第一次去洛阳参加科举考试，没有考中，于是准备去山东看望自己的父亲。这一次去山东，杜甫游览了雄伟的泰山，并写下了著名的《望岳》。

几年之后，杜甫重新回到洛阳，准备过段时间后再去长安。正巧，李白刚从长安出来，漫游到洛阳。于是，两大诗人在洛阳相遇了。李白比杜甫大11岁，早就声名在外，但是两个人都很欣赏对方的诗文，很快就成为好朋友。这个时候，著名诗人高适也在洛阳，于是三个人凑到了一起，他们狩猎游玩，饮酒论诗，过得十分痛快。三位大诗人觉得光在洛阳游玩还不够，于是一起去了梁（州治在今陕西汉中）、宋（州治在今河南商丘）游览，还写下了许多著名的诗文。

游过梁、宋后不久，杜甫又到了山东济南。古人通信不发达，再次相会是很难的，可是4年后，李白和杜甫又一次在山东相会了。这一次，两个人一起寻神仙访道士，谈论诗文，结下了深厚的友谊，秋末，李白和杜甫握手告别。后来，他们再也没有见过面，杜甫经常怀念李白，写了很多怀念李白的诗。

鸟鸣涧①

[唐] 王维

人闲②桂花落，
夜静春山空。
月出惊山鸟，
时③鸣春涧中。

注释
① 涧：两山之间的小溪。
② 闲：安静，悠闲。
③ 时：时而，偶尔。

导读赏析

空灵的月夜春山图

你听过贝多芬的钢琴曲名作《月光曲》吗？那首曲子清澄明澈，令人心醉，打动了全世界的人。我国诗人王维，则用文字描画了一幅空灵的月夜春山图。

诗人笔法灵动，寥寥数句，便为读者勾画出一幅寂静悠远的月夜春山图，山谷之中，万籁俱寂，一轮明月，静静地将清辉洒到人间，鸟儿沉睡，唯有桂花，在山中自在地飘落，充满了诗情画意。

"人闲桂花落，夜静春山空"为我们营造出万籁俱寂的空明境界。你想，人的内心安闲平静，置身于静谧的山中，看到桂花缓慢地飘落，是不是觉得很美呢？其实，山中花开花落是不容易察觉的，但是由于诗人的内心平静安闲，所以大自然中的点滴变化都能够感知到。静静的夜晚，万物沉睡，万籁俱寂，春山仿佛空无所有。其实并不是山中空荡，而是因为山中寂静，才显得山很空阔，也正是因为人的内心空，才能感觉到山的空。桂花飘落的动态情景正好映衬出人"闲"和山"空"。

"月出惊山鸟，时鸣春涧中"，诗人运用了以动衬静的手法，巧妙地表现出山中的幽静。一轮月亮升起，月光静静地倾泻而下，不知不觉间惊醒了沉睡的鸟儿，不时地鸣叫几声，继而又沉沉睡去。鸟鸣看似打破山谷的宁静，实际上是用声音衬托出谷中的幽静。你想，月光无声无息，却惊扰了山中沉睡的鸟儿，不正说明山中幽静么？在这山谷中，唯独鸟儿的几声鸣叫，不是更让人感到山谷的安静吗？诗人正是通过这种反衬，向我们传达出了山谷中静谧的环境，也展示出山谷中的生机。

趣闻轶事
王维的奇石

　　王维不仅精于写诗，还善于绘画。传说，有一次，王维给岐王画了一幅画，画的是一幅巨石，这幅巨石图看起来就像是名山上的奇石一样具有神采。岐王把这幅画像宝贝一样珍藏，一有空闲就拿出来观赏，并因此产生游览名山大川，观赏奇珍异石的想法。

　　有一天，岐王正从外面回来，这时候忽然刮起了大风，雷电交加。岐王远远地看见府里有大石穿过屋顶飞了出去，不知飞去了哪里。回到家的时候发现，珍藏的巨石图只剩下了一幅画轴，画作却不见了踪影，这才明白，刚刚看到的大石正是王维画里的巨石。

　　过了六七十年，到了唐宪宗时期，高丽（朝鲜半岛古代王朝）国王派遣使者来到中国。使臣觐见皇上的时候说道：某年某月某日，风雨交加，从高丽国的神嵩山上飞下一块奇石，大家争相观看，发现奇石上有王维的字印。国王知道这块奇石一定是中国的宝物，不敢私自留下，于是就派遣使者来中国奉献。宪宗听后，感到特别惊奇，于是命人拿出王维的作品比较石头上的字迹及印章，发现竟然分毫不差，这才深信不疑。

　　由此，宪宗发现王维的画作竟然可以"通神"，于是派人在各地专门搜集王维的画作，并把它们收藏在宫中。为了防止画上的景物飞走，还要在藏画的宫殿的地面上洒上鸡血，以拘押这些通神的景物。

　　虽然这只是传说，不可能真有此事，但是王维的画技却是实实在在的高超神妙。王维诗画双绝，由于精通绘画，所以他在写诗的时候也会不自觉地将绘画中的构图、色彩等技巧融入诗里面，这样一来，他的诗就有了画的美感，所以后人评价说王维"诗中有画，画中有诗"。

早春呈①水部张十八员外② 二首·其一

[唐] 韩愈

天街③小雨润如酥④，
草色遥看近却无。
最是一年春好处，
绝胜⑤烟柳满皇都。

注释
① 呈：呈送，送给。
② 水部张十八员外：指唐代诗人张籍，他是韩愈的朋友。
③ 天街：京城的街道。
④ 酥：乳酪，奶油。
⑤ 绝胜：遥胜，远远胜过。

导读赏析

雨后早春图

中国是一个四季分明的国家，不同的季节有着不同的特点。春有百花秋有月，夏有凉风冬有雪。那么在你的心中，春天是什么样子的呢？在韩愈的这首诗中，他就为你描绘了皇城长安（今西安）在春季的样子。

说起来，春雨可是春天的使者，它能给大地以滋润。这首诗的开篇写道"天街小雨润如酥"，这场春雨那么美好，它像细软的牛毛一般洒在大地上，温润如酥。古人将柔软香甜的奶油称作"酥"，此时诗人觉得这场小雨就像酥油一样，滋润着这片土地。这小雨轻轻地落在青草上，将小草的颜色洗刷得更为翠绿，远远看去泛着惹人喜爱的颜色。可是诗人却说"草色遥看近却无"。那是因为当诗人靠近再看的时候，成片的草色变成稀疏的嫩芽，色彩就不像刚才那么夺人眼目了。这种由远到近的细微变化被诗人看在眼里，记在心里。他这一句写得是多么清新，多么传神啊！看到这样的早春美景，诗人不禁感叹"最是一年春好处，绝胜烟柳满皇都"。他觉得这沁人心脾的早春风景比如烟如雾的绿柳映满全城时还要美丽，还要可爱！

其实，春天的景色一直都是历代诗人喜爱歌咏的热门题材。春天百花盛开，诗人们多偏爱通过描绘春花的灿烂来表现春日的灵动。而这首诗描写的是早春时节，诗人便从雨后的春草着眼，用一抹朦胧而清新的绿色为读者带来一种全新的感受。绿色代表生命，绿色代表希望。当腊月寒冬终于结束，大地回春，万物复苏的时候，就连地上的小草都是那么美好与惹人喜爱。

趣闻轶事

勤政爱民的韩愈

韩愈小时候是个孤儿,他在父母去世之后,跟随兄嫂生活。小韩愈聪明懂事,每天都会自觉地读书学习。而且他的资质非常好,擅长背诵很长的文章。很快,他就通晓《诗》《书》《礼》《易》《乐》《春秋》这六部经书和诸子百家的学问。有一次,教书先生给学堂上的学生出了一道题:"假设你们每个人手上都有钱,现在我要大家去买一样东西来把这个屋子填满,看你们谁花的钱少谁就是赢家。"学生们听了这话,都纷纷上街去买一些稻草之类的便宜的东西,来把整个房间铺满。可是韩愈却只买了一件东西来回答老师的问题。老师问他买了什么,韩愈拿出了手中的一支蜡烛。大家纷纷感到奇怪,不知道这一支小蜡烛要怎么能把屋子填满。这时候,韩愈点亮了这支蜡烛,只见烛光闪闪,照亮了整间屋子。原来这就是韩愈找到的能够装满整间屋子的东西!他是多么的聪明啊!

长大了的韩愈更加才华横溢,可是参加科举考试却屡屡落第。直到他二十五岁第四次进京考试,才考中了进士。当时的考官非常欣赏韩愈的古文风格,给了他不错的评价。做官之后,韩愈非常体贴人民,经常深入基层去了解百姓的疾苦。皇帝唐宪宗因为喜爱佛教,规定所有的和尚都可以不用干活,享受国家的福利。这种不好的导向让当时的百姓都纷纷抛家舍业,出家当和尚。于是就写了一篇《论佛骨表》进谏给皇上。韩愈的批评这样尖锐,皇上看了十分不高兴,一怒之下就将韩愈贬职,让他到偏远的潮州(今潮汕地区)去做刺使。正直的韩愈并不因为皇上对他的惩罚而感到后悔,反而写了一首诗表达自己的坚定志向:

一封朝奏九重天,夕贬潮州路八千。

欲为圣明除弊事,肯将衰朽惜残年!

到了潮州,韩愈更加体贴百姓,倾听他们的苦楚。当地的百姓说这个地方有鳄鱼,总是吃人,他就作了一篇《祭鳄鱼文》,摆开仪式,想办法消除地方上的隐患。他又听说那里有剥夺仆人人身自由的恶风,就解放这些仆人,彻底禁止这种不良交易。韩愈一心为民办事,不管身在哪里,都用心工作,真是一位好官!

江雪

[唐] 柳宗元

千①山鸟飞绝②，
万径人踪灭。
孤舟蓑笠③翁，
独钓寒江雪。

注释

① 千：概数，在此代表很多。后一句的"万"也是概数。
② 绝：绝迹，不见踪影。
③ 蓑笠：蓑衣和斗笠，渔翁用来挡避雨雪的穿戴。

□ 导读赏析

孤傲的渔翁

这首小诗简单易懂，描写的是白雪覆盖的自然景色。但如果你静下心来细细品味，你会发现它其实描述了一位诗人的内心世界。

首先这首诗为读者塑造了一个渺无人烟，甚至没有飞鸟的冰雪王国。这里空旷而寂静，山峦起伏，水面辽阔，没有一点凡尘的气息。而就在这高大的山川之中，有一叶扁舟停泊在江面上。船中坐着一个披着蓑衣、戴着斗笠的老渔翁，一个人在那里垂钓。看到这样的景色，也许你会问，这位老伯伯难道不觉得孤单吗？可是你看诗人笔下的他是多么悠然自得啊！他的身上仿佛带着一股傲气和一股仙气。即使是独自面对冰冷的江水与皑皑白雪，他也依然能够泰然自若。

这首诗只有短短二十个字，可是表达的效果却十分惊人。诗中的每一句都带有浓浓的画面感，让那种清冷孤独的气氛直抵读者的内心。诗人就像是画了一张大幅的山水写意画，用"千山"和"万径"来衬托"孤舟"，用满目的白雪来突出渔翁的独特。远景与近景的交替，让这首诗变得更为形象和逼真。

其实，柳宗元在创作这首诗时，刚刚被贬到永州，情绪十分低落。他对自己的落难心存不甘，同时怨恨那个日渐衰落的社会。他希望自己能像诗中那位渔翁一样，超然独立，时时保持一颗清高而纯净的心。古人说，"诗言志"，诗歌就像心灵的窗户，传达着作者的感情。

趣闻轶事

高洁之士柳宗元

聪明的柳宗元，在小的时候就已经在同龄人中崭露头角。他不仅会写诗作文，而且还专门摹仿古人的写法，学习写西汉时候的骚体诗。当时的文人看了都惊叹他小小年纪竟能有这样好的文笔。而且柳宗元少年时代的诗歌中就每每透露出他内心的高洁，几乎已经达到古人的境界。大家用"璨若珠贝"来比喻柳宗元的文采，好像他笔下的每个字都散发着光芒。这样有才华的人，自然受到了大众的好评。大家都建议他去当官，于是柳宗元考取了进士，当上了校书郎、蓝田尉。到了贞元十九年（公元803年），他又当上了监察御史。与他共事的官员，没有不称赞他的能力的。柳宗元后来再次升迁成为礼部员外郎，而且还可能得到更重要的任用。

正在他意气风发的时候，谁知道却出现了变故。由于官场势力的改变，柳宗元受到了牵连，被贬到永州做司马。当时永州这个地方遥远又偏僻，人烟稀少，山川险恶。但是对柳宗元来说，却仿佛来到了一个全新的世界。他开始游览这些山川，感受自然的美好。在这些美丽的山水之中，柳宗元的情绪得到了释放。不管之前他遭受过多大的委屈，现在他都可以自由自在地在这里发泄他的情感。于是他挥毫泼墨，洋洋洒洒写了数十篇诗文。每一篇都情真意切，感人至深。也许正是因为他的才华太过耀眼，所以有些官员才会怕被他抢走风头而不肯重用他吧。

元和十年（公元815年），柳宗元再次接到指示，让他迁到柳州去当刺史。他刚要启程，就听说了好友刘禹锡家中有一位无人照管的老母亲，非常可怜，于是主动写了一封奏书向上请示说："禹锡的母亲年岁已高，行动不便。可是他现在要被派到那样偏僻的地方去，如何能带上自己的母亲呢？如果不带上母亲的话，这一次他们母子就可能要永别了！我是禹锡的好朋友，我实在不忍心看到这样的事情发生在他身上。"于是柳宗元代替刘禹锡到播州去上任，而刘禹锡则得以换到一个近一点的地方去。韩愈后来听说这件事，也被柳宗元的所作所为所感动。他在他的《柳子厚墓志铭》里赞誉柳宗元说："他有着多么高尚的节操，是一个多么讲义气的人啊！现在的人如果也能这样该多好！"

城东早春

[唐] 杨巨源

诗家①清景在新春，
绿柳才黄半未匀。
若待上林②花似锦，
出门俱③是看花人。

注释
① 诗家：诗人。
② 上林：上林苑，在今陕西省西安市。
③ 俱：全，都。

导读赏析

可爱的早春时节

这是一首语言平淡易懂、格调简单轻快的七言绝句。诗人用口语化的叙述抒发了自己对新春的喜爱之情。

首句"诗家清景在新春"直接点明诗人所喜爱的时节是"新春"。新春的特点是"清新"，一年的新气象在这个时候刚刚开始显露出来。于是诗人举了一个例子来描绘这种清新之气，他说"绿柳才黄半未匀"。历代诗人都喜欢描写柳树这个意象，尤其是在描绘春天景色的时候。但是在杨巨源这位诗人的笔下，新春柳树有着不一样的特点。诗人的"半未匀"三个字将柳树比喻成了一幅画，仿佛树上的颜色还没有调匀。刚刚萌发新芽的柳树绿色中还带着嫩黄，十分可爱有趣。正是这种青黄夹杂的新芽之趣让诗人觉得特别值得去玩味与描绘。

有了前两句的铺垫，诗人在后两句用假设的口吻说：要是等到上林苑里百花盛开、繁花似锦的时候再出门，那一定人山人海，都是看花的游客吧。如果你曾经有过踏青游春的经验，一定也与诗人有相同的感受吧？春花烂漫的景色确实美不胜收，可是因为游人众多，未免烦扰杂乱，少了新春刚至时那种清幽疏淡的意境。所以诗人在此处笔锋一转，用对比的手法将仲春之景与新春之景相比较，突出了新春的清新淡雅之美，也表现出了作者对自然景色敏锐的观察力。

趣闻轶事

赏花猜谜趣味多

一年之计在于春,一日之际在于晨。春天是一年四季中最美妙的季节,所以每逢到了春天,大家都会和亲人朋友一起踏青郊游。古人也喜欢游春,常常趁着各种春花开得最灿烂的时候,亲朋好友一起外出赏花。而那些聪明博学的文人们,还会趁着这个机会,在一起吟诗作赋,猜谜作对子呢。

苏轼有一个非常聪明的妹妹叫苏小妹,平常总和苏轼在一起吟诗作词,讨论学问。苏小妹聪慧伶俐,有时候苏轼想不明白的问题,在她那里却能迎刃而解。一天,兄妹两人一起外出赏花。正玩得高兴的时候,苏轼对妹妹说道:"你会不会写回形诗?"苏小妹微微一笑,说:"那有什么难?我们一起写一首看看!"于是,苏轼就和苏小妹轮流写字,一共写了十四个字,分别是:赏花归去马如飞酒力微醒时已暮。这十四个字概括了这天苏轼和苏小妹游春的情形,而且从不同的地方起头就能变成不同的诗句。苏轼对苏小妹说:"这是一首七言绝句诗,你能把它读出来吗?"于是苏小妹就读道:"赏花归去马如飞,去马如飞酒力微。酒力微醒时已暮,醒时已暮赏花归。"苏轼听了哈哈大笑,说道:"我的妹妹真是一个聪明绝顶的女孩子啊!"

除了作诗,有时候文人们还会互相出谜语取乐。有一次,宋代著名的文学家曾巩和自己的老师一起去观赏桃花。满园的桃花争红斗艳,十分漂亮。曾巩的老师突然灵机一动,说道:"看到这样美丽的景色,我猛地诗兴大发,想出了一道诗谜,你能来猜一猜吗?"接着,就道出了自己的谜面:"头上草帽戴,帽下有人在;短刀握在手,但却人人爱。我说的这个谜语,打的是一个字。"你知道这是个什么字吗?老师话音刚落,曾巩就已经猜到了谜底,他说:"禀告老师,学生已经猜出来了。"他的老师笑道:"是吗?那你来说说看。如果说得不对,我可要罚你。"曾巩说道:"头上草帽戴,是一个草字头;帽下有人在,是在草字头下面有一个'人'字;短刀握在手,是一个匕首的'匕'字;但却人人爱,说的就是谜底啦。老师的这个诗谜,谜底是个'花'字。"这个字谜,你猜出来了吗?

题西林壁①

[宋] 苏轼

横看②成岭侧成峰,
远近高低各不同。
不识庐山③真面目,
只缘④身在此山中。

注释
① 西林:指江西西林寺。这首诗是苏轼题写在西林寺墙壁上的。
② 横看:从正面看。
③ 庐山:江西省名山,以"雄奇险秀"闻名世界。
④ 缘:因为,由于。

导读赏析

观山的启示

庐山是我国江西省最美丽的山,层峦叠嶂,泉水丰沛。历来都有文人墨客在游玩庐山的时候题写诗词,表达对庐山的赞美。而苏轼的这一首咏叹庐山的诗歌,恐怕是其中最著名的。

诗人首句就写出了庐山山峰雄伟壮丽、千姿百态的特点。"横看成岭侧成峰,远近高低各不同。"诗人身在山峦当中,他从正面向对面看去,那里的山岭是起伏连绵的;而再从侧面看去,映入眼帘的又是高高矗立的山峰了。诗人从远处、近处、高处、低处看庐山,都能看到它不同的样子。移步换景,就是这个意思了。就是因为这种多变的景象,给爬山的人带来更多的惊喜和乐趣。然而诗人还不仅仅满足于此,他想要看全庐山的姿态。

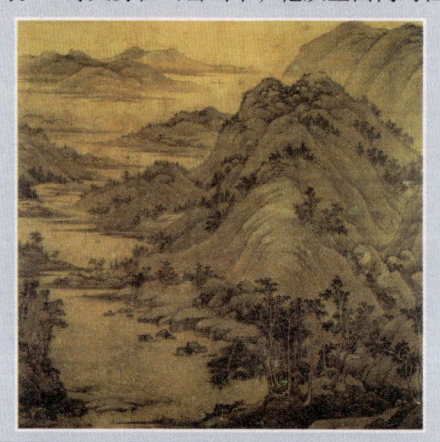

"不识庐山真面目,只缘身在此山中",似是一句真实的大白话,实际上却蕴含着很深的道理。诗人想要一览庐山的全貌是不可能的,因为他正站在山峦之中,视线一定会被前方的高岭所遮挡。即使他换一个角度,所能看见的也只是庐山的局部。这两句诗寓意深刻,可以带给我们很多的启发。我们平时处理问题的时候,如果不能统观全局,就不能做出正确的判断。所以你一定要记得做事之前尽量把一件事的方方面面都考虑周到哦!

◻ **趣闻轶事**

乌台诗案

你知道清代的"文字狱"吧？那时的文人哪怕随便写个小诗也要非常小心，以免因为一些敏感的词句而被别人诬陷他有反动的心思。可是你知道吗？早在北宋时期，也发生过一桩著名的文字狱案件，而受害人正是大文豪苏轼。

宋神宗熙宁二年（1069年），苏轼被调往湖州做事。他写了一篇《湖州谢上表》向皇帝表达自己会恭敬地按照圣上的指示去上任。文章的最后一段中，苏轼说："我知道陛下您觉得我做事不合时宜，可能在这里待下去也难以有所进步。又觉得我年纪大了难以有所作为，所以只叫我管理一些小民。"其实这些话只不过是苏轼自己心中的一点小感想，却被人抓住了辫子。有人指着他的奏书说："皇上，您看他的话语间暗含着对您的讽刺啊！他这是在愚弄朝廷，真是一个妄自尊大的人！"其他人也纷纷附和，说苏轼的口气中露出了对朝廷的怨恨和指责，说他的心中大概已经有了对朝廷不利的想法。敲边鼓的人一多，皇帝也不禁犯起了嘀咕。于是，苏轼刚刚到达湖州不到三个月的时间，皇帝就下令让御史台的官员将他逮捕，押回京城审问。因为御史台又叫乌台，所以后人把这件事称作"乌台诗案"。

可怜的苏轼回到京城后就被关押起来，有一些反对他的人还想要置他于死地。然而朝中一些知书明理的人知道他是冤枉的，纷纷为他说话求情。曾经出任北宋宰相的王安石虽然已经告老还乡，此时也觉得必须为苏轼说一句话，于是他也出山质问当朝的显贵："你们见过哪个圣明的朝代会杀有才之士啊！"皇帝静下心来想了一想，也觉得苏轼有些可怜，就将他放了出来，外派到黄州（治今湖北黄冈）去了。

苏轼经历了这样一番变故，心中已经有了许多变化。他仿佛已经看清了这个世界上很多事情的真实一面，所以反而让他这个人变得豁达了起来。到了黄州以后，他也不再自怨自艾，而是过起了闲适的生活。他常常与乡间的老人们呆在一起，并且在东边的野坡上建了一所小房子。从此以后，他就称自己为"东坡居士"。不管他以后还会经历什么样的人生道路，苏东坡已经在这次的事件中彻底蜕变了。这时的苏东坡，真正变成了一个淡泊宁静、心胸旷达的人。

四时田园杂兴①

[宋] 范成大

昼②出耘田③夜绩麻④，
村庄儿女各当家⑤。
童孙未解⑥供⑦耕织，
也傍⑧桑阴学种瓜。

注释

① 杂兴：兴起而作的诗篇。
② 昼：白天。
③ 耘田：锄地，耕地。
④ 绩麻：把麻搓成麻绳。
⑤ 当家：承担家务。
⑥ 未解：不懂。
⑦ 供：参加，做事。
⑧ 傍：挨着。

导读赏析

田园之乐

历代诗人写景的诗作中，有挥洒山水的，也有寄情田园的。范成大就是一位爱好写田园诗的诗人。他将春夏秋冬的田园风光聚集在一起，创作了六十首《四时田园杂兴》诗。比如，这首诗就描画了一个乡下人家初夏时节普通的一天，读起来有滋有味，妙趣横生。

首句"昼出耘田夜绩麻"为读者描述了一个普通农家的日常作息安排。他们白天去田里耕地，到了晚上就在家里搓麻绳，将时间安排得恰到好处。这一家人有老有少，年轻人作为"村庄儿女"，已经能够"各当家"啦。他们承担着各种家务，将农事也都安排得井井有条，不叫家里的老人操心。

那么最小辈的孩子们呢？他们还什么都不懂，不会除草，不会织布。不过这也没关系！他们早就已经在这种环境中养成了热爱劳动的品格，也迫不及待地想要加入大人们劳动的行列中来呢！你看，他们不是正在"也傍桑阴学种瓜"吗！孩子们这种天真烂漫的行为让整个家庭显得更加相亲相爱，其乐融融。

全诗将田园之景与和谐的家庭生活交织呈现出来，在描写日常之景的同时又自然而然地传达出了一种天伦之乐。让人也不觉得农活繁重了，反而觉得这种天然纯粹的农家生活十分有趣呢！

趣闻轶事

不卑不亢的范成大

范成大是南宋时期的政治家和诗人。南宋在建国的时候，因为自己的势力弱小而北方少数民族的力量又很强大，所以不得以抛弃了北方的国土把都城迁到南方。而南宋的君主赵构更是不顾自己的父亲被金国人掳走的耻辱，自己当上了皇帝，过着奢靡的生活。一些有气节的文人因此对南宋朝廷颇有怨言，他们对国家领土的丢失非常痛心，总盼望着有一天能够收复河山，一雪前耻。赵构退位后，他的儿子宋孝宗登基。宋孝宗也觉得总要对北方的金国人俯首称臣太过耻辱，所以就想要改变当前的局势。他的丞相于是就向他举荐了范成大，对他说这是一个忠于国家的人才。

宋孝宗告诉范成大，他要做的事是到遥远的金国去和金国的君主谈判。其他的臣子听到这个艰巨的任务，都十分恐惧和担忧。可是范成大却没有丝毫的犹豫，坚定地表示愿意前往金国。他说："我知道去和金国谈判十分危险，对方可能会以为我们是去挑衅而非常生气。他们也许会杀死我或者扣留我。我已经把家里的后事安排妥当了，您可以放心地派我去金国。"

宋孝宗让范成大带着国书去见金国的君主。这封国书里只写了希望金国归还大宋在河南的陵园的事情，没有提到南宋不愿意再对金国皇帝行跪拜之礼的事，因为他们担心提到这件事会让金国的君主不高兴，而出兵攻打宋国。所以范成大便又自己写了一封奏书放在身上，想要同时献给金国君主。范成大到了金国见到金国的君主，呈上宋孝宗给他的国书。可是过了一会儿，他又从袖子里拿出他自己写的那封奏书，并且说道："这也是我们的国家想要和您谈判的事情。其实在我来之前，我们大宋的皇帝有圣旨传下，表示有些事情不好用国家间书信的方式进行交谈，责令我亲口向您禀告。可是我还是觉得用这封奏书来表达我想说的话更加妥当，请您过目。"范成大不卑不亢，气宇轩昂，让金国君主大为惊讶和愤怒。他生气地说："这里是你一个小小宋国臣子能私自献书和我谈判的地方吗！"便叫范成大快快退下。可是范成大纹丝未动，只要金国君主不接受他的奏书他就不走。金国的君主无法，只好接过了这封私信。范成大满意地退下之后，金国的太子恼羞成怒，想要到他的住处杀死他。但这时太子身边的人都说，范成大是为了国家大义而来，杀不得。所以范成大最后便幸运地保住了性命，回到南宋。后来大家听说了范成大这一次的英勇事迹，都对他赞不绝口。

小池

[宋] 杨万里

泉眼①无声惜②细流，
树阴照水爱晴柔③。
小荷④才露尖尖角，
早有蜻蜓立上头。

注释
① 泉眼：泉水的出口。
② 惜：喜爱。
③ 晴柔：晴朗柔和的天气。
④ 小荷：刚刚长成的荷叶。

导读赏析

宁静的夏天

这是一首清新明快的写景诗，诗人杨万里心思细腻，最善于写这种生动可爱的小诗。这首《小池》语言轻快，意趣盎然，只读一遍就能牢记在心。

"泉眼无声惜细流，树阴照水爱晴柔"，诗的前两句描绘了一片静谧柔和的风光。涓涓细流从泉眼里流出来，汇入小池。它如此轻柔无声，潺潺流淌，仿佛是那泉眼过于珍惜这每一滴清泉才不舍得叫它涌出似的。和煦的阳光照在大树上，在小池里洒下一片绿阴，这晴朗温柔的景色是多么惹人喜爱啊。诗人将这一切景物都赋予了人的感情，说是泉眼"惜"细流，树阴"爱"晴柔，其实泉眼和树阴又怎么会有思想感情呢？是这种景物之间互相映衬，相得益彰的和谐景色让诗人觉得无限美好，情不自禁地为它们赋予了生命力。而这样的修辞方法更使得整个初夏的景致都活灵活现了起来！此时诗人笔锋一转，给池塘里的荷叶拍了一个大特写。这些荷叶刚刚长高，还羞涩地打着卷儿，只在水面上露出尖尖的小角。然而早就已经有调皮活泼的小蜻蜓迫不及待地站在上面了呀！荷叶与小蜻蜓一静一动，构成了一幅清新灵动的画面。

从池塘到荷叶，这首诗中出现的一切景物都是那么小巧精致。而诗人的高明之处就在于能在这些年年可见的寻常景致中捕捉到它们与众不同的美感，体现了他对生活敏锐的观察力和感知力。我们常说，生活中从不缺少美，而是缺少发现美的眼睛。可见只有像诗人这样热爱生活，才能享受到生活所带来的美好啊！

趣闻轶事

杨万里的"一字师"

杨万里的作品中,有许多清新自然的山水田园之作,展现了诗人细腻的情思。其实现实生活中的杨万里也有着温柔谦逊的人格魅力。有一次,杨万里在书馆中和身边的朋友谈论创作《搜神记》的作者——晋代的干宝。杨万里错误地把这个作者记成了"于宝"。坐在他们旁边的一个小吏听见了,就插话对杨万里说:"创作《搜神记》的人叫'干宝',不是'于宝'啊!"杨万里半信半疑,便问他:"你是从哪里知道的呢?"这个小吏便取出一本书给杨万里看,杨万里一看果然是"干宝",才知道是自己记错了。他对纠正他错误的小吏十分感谢,高兴地对他说:"你真是我的一字之师啊!"

游园不值①

[宋] 叶绍翁

应怜②屐齿③印苍苔，
小扣柴扉④久不开。
春色满园关不住，
一枝红杏出墙来。

注释

① 不值：没有遇到。值，遇到。
② 应怜：应，应是，表示推测。怜，喜爱，爱惜。
③ 屐齿：木鞋的前后都有鞋跟，像齿一样，所以叫屐齿。
④ 柴扉：扉，门。柴扉即木门。

导读赏析

别有情趣的游园小记

春风送暖，万物复苏，此时正是赏景游园的好时节。诗人也爱游春，他来到一个小园子门前，希望能够进去访人赏花，可惜未能如愿。

诗人轻轻地敲打木门，耐心地等了许久也不见有人来开，难免有些沮丧。但诗人却用一种幽默的语气调侃道："应怜屐齿印苍苔，小扣柴扉久不开。"大概是园子的主人太爱惜园子里面苍翠的青苔，怕我的木屐踩坏它们，所以不舍得开门吧！作为同是喜爱春天的人，诗人仿佛特别能理解园子主人心疼园中春色的心理似的，对他吃了闭门羹的原因做出了这样的推测。这两句流露出了诗人的真性情，十分有趣，让人读了忍俊不禁。

可是当诗人即将转身离去的时候，他却意外地收获了一个惊喜！他看到从墙头露出了一枝婀娜多姿的杏花，红艳艳地开得正盛。这可让诗人开心坏了，不由增加了他的诗兴。他接着前面的猜测继续写道："春色满园关不住，一枝红杏出墙来。"即使是主人不来开门，这满园的春色也是锁不住的啊。你看，那里不正有一枝娇俏的红杏伸到墙外来了吗？在这里，诗人笔下的红杏仿佛活了起来，好像它本身有着活泼的性格与自己的主见一样，不堪拘束在园内，所以探出了头来。多么有意思！

◻ **趣闻轶事**

杏林春暖

杏花在春天开放,殷红可爱,大家都很喜欢它。杏树的果实还能够泡酒或者做成蜜饯,非常实用。可以说杏这种植物,浑身上下都是宝。很久以前,就有一个人因为种了许多杏树的关系,给他的未来带来了好运气。

这个人叫董奉,是我国三国时期一位著名的医生。他为人善良诚恳,隐居在庐山中。平时他不去种田,只是为周边的邻居们治病。治好了他们的病,他也不收他们的钱,就叫他们种上几棵杏树作为回报。如果是重病的患者,他就叫他们种五棵杏树;如果只是得了小病的人,他就叫他们只种一棵就好。这样过了许多年以后,董奉门前的杏树已经有十万多棵了!这些杏树连成一片,成了非常美丽的杏林。董奉就引导山中的鸟兽到这片杏林中嬉戏玩耍,让这里变成了鸟语花香的仙境。有了这些小动物在这里活动,杏林生机勃勃,从来没有长出过荒草,就好像有谁特意来锄过草一样。

等到杏花凋落杏子成熟,董奉就在这里盖一个茅草屋,在门口贴上告示说:"如果大家有想来买杏子的,不用给我钱。只要带一些粮食来放在这个草屋里,就可以自己随意去摘一些杏子带走。"董奉通过这种方法,用等量的杏子和大家交换等量的粮食。不过有的时候,有一些爱贪小便宜的人会放很少的粮食,但是摘走很多的杏子。这时杏林里面的老虎就会跑出来对他吼叫,把他吓跑。这些人害怕得不行,只好赶紧离开,脚步慌乱间就有好多杏子撒落在路上。等他回家一称,发现剩下的杏子和他给董奉的粮食一样少,他并没有占到便宜。董奉每年用这些交换来的粮食赈济贫穷饥饿的人们,或者资助一些出行在外缺少盘缠的人。一年的工夫他就能发出去两万斗的粮食,帮助了不少人。

他的善心和善举也给他带来了好的回报。有一次,县令带女儿找董奉治病。董奉治好了他女儿的疾病,县令很高兴,就把女儿嫁给了他。他们夫妻幸福地生活在山中,仍旧依靠卖杏子来维持生活。董奉的所作所为温暖了县里百姓们的心,大家都称赞董奉是一个正直善良、乐于助人的好医生。后来,人们送给他"杏林春暖"的名号,表达对他的感激之情。

亲友送别

送别诗

[隋] 佚名

杨柳青青着地垂，
杨花①漫漫搅天②飞。
柳条折尽花飞尽，
借问行人③归不归？

注释

① 杨花：古诗文中，杨、柳、杨柳均指柳树，而且多指垂柳，所以杨花是指柳絮。
② 搅天：漫天，满天。
③ 行人：指远行的亲友。

导读赏析　漫天飞絮中的离别

"长亭外，古道边，芳草碧连天。晚风拂柳笛声残，夕阳山外山。"古代的送别，总是在长亭外，古道边，垂柳下。这首诗就为我们描绘了这样一个非常典型的送别场景：春日午后，杨柳飘飘的古道边，诗人在为友人送别。

"杨柳青青着地垂，杨花漫漫搅天飞。"诗人这两句描写春天离别时的景物，柳条和柳絮为我们营造出一派春日景象，渲染出离别的气氛。春天里，柳枝发芽，正是一片青翠，长长的柳条垂落到地上，和风吹起柳絮，漫天飞舞。"青青"写出柳条的景色，"漫漫"描绘出漫天飞舞的样子，也写出了柳絮和柳树之多。"柳"与"留"谐音，诗人写柳树之多，实际上是暗示诗人心里对于友人的留恋很强烈。诗人运用寄情于景的手法，将满腔的依恋都寄托在满眼的柳色之中，放眼望去，只见四处都是青青柳条，满天都是飞舞的柳絮，于是离别的情绪也随着柳树而来，这种情景的描写仿佛让读者感受到，有柳树的地方就包含着诗人的依恋和不舍。

"柳条折尽花飞尽，借问行人归不归"是承接上两句而来，由柳条垂地、柳絮飞舞的场景写到折柳。折柳送行人，是表示对行人的不舍。诗人似乎要将柳条折尽，也留不住要远行的朋友，于是只能轻问一声，等到将柳条折尽，这柳絮也飞尽了，朋友你会不会回来呢？诗人在朋友还没有走的时候，就开始询问朋友的归期，深切地表现出了诗人对于友人的不舍之情和对于再次相聚的殷切期望。

这首诗语言通俗易懂，情深意切将送别时的留恋和不舍全寄托在一片春景之中，是一首脍炙人口的送别诗。

趣闻轶事

杨柳青青念故乡

古代通信和交通都很不发达,一旦分别,再次见面就很难,甚至书信往来也是很不容易的事情。因此离别时总是充满了离愁别绪,分别的时候经常要折柳条相送,来表示自己的留恋和永不忘怀。折柳相送,在当时是一种流行的习俗,在文人墨客中,更是一种时尚。其实,这种流行源自我国最早的诗歌总集《诗经》,其中有一首叫《采薇》,里面这样写道:"昔我往矣,杨柳依依;今我来思,雨雪霏霏。行道迟迟,载渴载饥;我心伤悲,莫知我哀!"

《采薇》讲的是战士戍边后还乡的故事。在杨柳青青的春天,战士随着浩浩荡荡的军队离开自己的家乡,一上路,战士就开始思念自己的家乡,不断地回头望,总是望见一片青青的杨柳。战场之上,战士们鼓起勇气,奋勇杀敌,虽然生活很艰苦,然而,只要一想到战争胜利后就可以回到温暖的家乡,他们就兴奋不已。历尽艰辛后,终于赢得了战争的胜利,战士们个个喜出望外,因为可以回到自己日思夜想的故乡了。

当踏上回家的路,回到自己的家乡,看到的不是春天的杨柳青青,而是冬天的白雪飘飘,战士不得不感慨:早已时过境迁了!我的行军之路这样辛苦,一路上又饥又渴;现在,我的心中十分悲苦,谁又能懂我的悲哀呢?

在《采薇》诗里,杨柳就是家乡的象征,代表着对故乡的怀念。不论是离别前对家乡的不舍,还是戍守边防时对家乡的思念,战士们心里总是想到杨柳青青。后来,人们就用杨柳来表示离别之时的不舍和眷恋,又因为"柳"和"留"谐音,人们就更用杨柳来表示分别时的不舍和留恋,后人还为此写了曲子,那就是流传很广的《折杨柳枝》。

送杜少府之任蜀州①

[唐] 王勃

城阙辅三秦②,风烟望五津③。
与君离别意,同是宦游④人。
海内⑤存知己,天涯⑥若比邻⑦。
无为⑧在歧路⑨,儿女共沾巾。

注释

① 杜少府:诗人的朋友。少府:县尉的别称。之:到,去。
② 城阙(què):城门上面的楼观,指京城长安。三秦:泛指长安附近。
③ 五津:指杜少府要去的地方。他要去的四川岷江有五个渡口:白华津、万里津、江首津、涉头津、江南津。
④ 宦(huàn)游:出外做官。
⑤ 海内:四海之内,指各地。
⑥ 天涯:天边,比喻非常遥远的地方。
⑦ 比邻:近邻。
⑧ 无为:无须。
⑨ 歧(qí)路:岔路,古人通常在岔路分别,这里指分别的地方。

导读赏析

明朗乐观的送别诗

如果一位朋友要离开,你们以后很难再见了,你是不是会觉得很忧伤呢?你会在离别的时候对你的朋友说什么呢?这首诗的作者对将要离别的朋友说了一番很乐观的话,不妨让我们一起感受一下吧。

前两句写明了送别的地点和朋友将要去的地方。"城阙辅三秦"说京城长安有三秦护卫,雄伟庄严,"风烟望五津"指朋友要去的蜀州(今四川崇州)地区,风烟茫茫。诗人在长安送别朋友,京城是繁华的地方,一派宏伟,但是朋友要去的地方,千里迢迢,烟波森森,想到这里,诗人难免有一些惆怅。两地环境的对照,烘托出了诗人惜别的心情。"与君离别意,同是宦游人"则用自己的经历写出离别的感受,让朋友不觉得孤独。你将要去蜀州,虽然我们所处的地方不一样,但是我们都是远离家乡,外出求官的人,你的感受我很能理解,此时此刻,我的心情和你是一样的。诗人用一种感同身受的方式来慰藉朋友,体现出诗人真挚的体贴和真诚的感情,十分动人。第五、第六句诗人调整了情绪,开始乐观地劝慰朋友。"海内存知己,天涯若比邻",虽然我们分别后,就天各一方,但是四海之内,只要有最知心的朋友,即使远隔天涯,也像是近邻一样。这两句朴素无华,却包含着乐观向上的精神,扫除了离别时的忧思感伤,让人精神一振。最后两句诗人进一步劝朋友不要因为离别而过于伤感,"无为在歧路,儿女共沾巾",既然山高水远并不能阻隔朋友在精神上和感情上的沟通,那么就无须在离别的时候，像青年男女一样泪洒衣襟。爽快的语言，体现出诗人豪爽的气质，也将离别的哀伤一扫而光。

这首诗语言质朴，胸襟壮阔，既包含着诗人对于朋友的体贴，也体现着诗人的乐观，给人一种明朗积极的感受。

■ 趣闻轶事

天才诗人王勃

诗人王勃从小就十分聪颖，六岁的时候文章就写得非常出彩，长大后也凭着华美的文章而广为人知。

有一次，王勃去交趾（在今越南河内）看望父亲，路过洪州（今南昌）的时候，正碰上洪州的都督阎伯屿重修的滕王阁落成。农历九月初九重阳那天，阎都督在滕王阁上设席摆酒，大宴宾客。王勃也参加了这次宴会。

阎都督这次大宴宾客，一是为了庆祝滕王阁的竣工，好显示一下自己的作为；二是想借这个机会，在众人面前夸耀一下女婿吴子章的才学。他让女婿事先准备好了一篇文章，然后在宴会上当众默写出来，好让大家称赞他"即兴而作"的文章。宴会上，阎都督客套地请众人为这此盛会写序文。大家心里都明白他的用意，于是都谦让推辞。只有王勃一个人，对这次宴会十分有感触，所以毫不推辞，提笔就写。阎都督见王勃当众抢风头，心里很是不快，拂衣而起，转身去了帐后，只留下小童，让他随时通报王勃写的东西。

小童第一次报告说王勃写的是"豫章故郡，洪都新府"，都督评论道："还以为他有多大的能耐，也不过是老生常谈。"小童再报："星分翼轸，地接衡庐"，都督听后觉得还不错，于是沉吟不语。慢慢地，越听他越觉得王勃写得好。当听到小童报"落霞与孤鹜齐飞，秋水共长天一色"时，都督不得不服气地赞叹道："果然是奇作，真是天才，这么好的文章，将来一定会永垂不朽。"

芙蓉楼①送辛渐②

[唐] 王昌龄

寒雨③连江夜入吴④，
平明⑤送客楚山⑥孤。
洛阳⑦亲友如相问，
一片冰心⑧在玉壶⑨。

注释

① 芙蓉楼：原名西北楼，在唐代润州（今江苏镇江）西北角临江处。
② 辛渐：诗人的朋友。
③ 寒雨：秋冬时节的冷雨。
④ 吴：古代国名。这里指今江苏南部、浙江北部一带。
⑤ 平明：天刚亮的时候。
⑥ 楚山：楚地之山。春秋时的楚国在长江中下游一带，所以称这一带的山为楚山。
⑦ 洛阳：地名。
⑧ 冰心：比喻纯洁的心。
⑨ 玉壶：美玉做成的壶，比喻高洁的胸怀。

导读赏析 —— 一片冰心在玉壶

晶莹剔透的冰和玉象征着纯洁，王昌龄的这首送别小诗，就用这两个意象来寄托高洁的志向，真是新颖别致，独具匠心。

这首诗前两句借寒雨和孤山，烘托出送别时的孤独萧瑟之情。"寒雨连江夜入吴"，诗人用听觉、视觉和想象的结合，概括出了水天相接，浩浩森森的吴江夜雨景象，秋冬时迷蒙的冷雨笼罩着吴国大地，诗人的愁绪也像这冷雨一样，漫溢心头，无边无际。秋冬时的寒意弥漫在江上、雨中，仿佛也浸透到诗人的心中。满江夜雨的浩大气势渲染出离别的黯淡气氛。"平明送客楚山孤"，清晨，天色刚明，友人就要登舟离开。诗人放眼吴江，想到友人离去后，此地就只剩下满江烟雨和孤立的楚山，自己的孤独感也油然而生。"孤"明写楚山，实际也暗指诗人自己的孤独。寒凉的气候、绵绵的冷雨、滔滔的江流及显得孤单的远山，衬托出了诗人对朋友的依依惜别之情。

诗人在后两句着重讲述了自己的纯洁感情和高尚志向。"洛阳亲友如相问，一片冰心在玉壶"是诗人借送友人来传达自己坚守品格的意愿。他叮嘱辛渐：你回到洛阳后和亲友相聚，他们如果向你问起我的情况，就说我的心仍然像冰那样晶莹，像玉那样透亮。玉壶本来是纯洁之物，在里面贮藏一片冰心，更显得纤尘不染了，用晶莹剔透的冰和透亮温润的玉自比，传达出了自己冰清玉洁、表里澄澈的品格，也表白了自己纯洁无瑕的心地。诗人十分巧妙地运用了"冰心"、"玉壶"这样一个相互映衬的比喻，来形容自己的品格，给人留下深刻的印象。

趣闻轶事
诗家夫子王昌龄

王昌龄小时候很贫苦，但是读书很用功，后来终于学有所成。他七言绝句写得特别好，甚至可以和大诗人李白一较高下，当时的人称他为"诗家夫子"。

然而，这位擅长写七绝的才子最后的结果却不是很好。王昌龄早年的时候当过一些小官，但是因为个性比较豪放，不太注意细节，容易得罪人，所以总是被贬官，后来被贬到偏远的龙标（在今湖南怀化）。

当时正值战乱，王昌龄担心家人的安全，就向上司闾丘晓请假，要求回去看望家人，可是王昌龄告假回来的时间有点晚了。他的上司闾丘晓平时脾气比较暴躁，心眼小，很嫉妒王昌龄的才华，一心想找他麻烦，这一次王昌龄没有按时回来，终于给了他机会。按照当时的法律，王昌龄该受罚，但是罪不至死，闾丘晓好不容易抓住机会，怎么会轻易放弃呢？于是加重罪名，趁机把他处死了。王昌龄当时诗名很大，突然去世，大家都很痛惜，有的人对闾丘晓更是恨之入骨。

后来有一次，河南节度使张镐手下的守军被敌军包围，张镐发传文让闾丘晓派兵赶去支援。可是，闾丘晓收到传文的时候，却因为害怕失败而按兵不动，等张镐的部队赶到的时候，城池已经陷落了。张镐怒不可遏，下令治闾丘晓的罪，按照法律，闾丘晓应该处死。闾丘晓十分害怕，只得向张镐求情："我家里还有双亲要靠我赡养，请您饶我一命。"张镐听到这个，更加愤怒，回答道："你有双亲要养，犯了大错就饶恕，那王昌龄呢？他的父母谁来赡养？"闾丘晓听了之后无言以对，只能接受处罚，最后被杖责而死。这样，杀害王昌龄、祸害百姓的闾丘晓终于受到了应有的惩罚。

别董大①

[唐] 高适

千里黄云②白日曛③，
北风吹雁雪纷纷。
莫愁前路无知己，
天下谁人④不识君⑤？

注释

① 董大：指董庭兰，唐玄宗时著名的琴客，在兄弟中排行第一，故称"董大"。
② 黄云：指雪天的云。雪天的云比平时黄，因此称黄云。
③ 曛（xūn）：昏暗。
④ 谁人：哪个人。
⑤ 君：你，指董大。

导读赏析

鼓舞人心的临别赠言

如果有朋友情绪很低落，你会怎么安慰他呢？我们看看诗人高适是怎么说的吧！

这是两个失落的人将要离别时写下的诗篇。诗歌前两句写离别时所见到的景象，"千里黄云白日曛，北风吹雁雪纷纷"，我们仿佛看到，日暮黄昏，千里之外都布满乌云，北风呼号，大雪纷飞，就像吹落的雁毛。日暮天寒，风雪之中，两位失意人就要分离。寒风大雪让人感到苍凉，而诗人却还要在大雪中送别朋友，情境更让人伤心。恶劣的天气似乎暗示着诗人内心的忧郁，阴沉的环境又给本来因分别而伤感的人增加了愁苦的气氛，渲染出了浓烈的离愁别绪，让这场离别显得颇为悲伤。但是诗人并不执着于离别的伤感情绪，而是笔锋一转，用高亢的语气，去激励朋友。"莫愁前路无知己，天下谁人不识君"，他这样劝慰朋友：你不要担心前路没有知己，没人欣赏你，天下哪个不知道你董庭兰啊！诗人虽然也处在失意潦倒之中，但是此时却振奋起精神，将低沉感伤的情绪一扫而光，用开朗的胸襟、豪迈的语调，劝慰友人要坚定信念，相信前路一定会有光明，这是多么振奋人心的话呀！

因为懂得朋友，所以开导的话语也能说到对方心境里，这番临别赠言出自肺腑，语言朴素无华却慷慨激昂，响亮有力，十分鼓舞人心。

趣闻轶事

冷静的政治诗人

高适从小就有很高的抱负，但是运气不好，直到50岁的时候才在别人的举荐下当上了官。

安史之乱的时候，高适辅佐哥舒翰镇守潼关，因为种种原因，潼关还是失陷了。潼关失守后，高适自己一路西行，奔向正在向西逃的唐玄宗，并向玄宗陈述了潼关失守的前因后果，赢得了唐玄宗的好感。唐玄宗觉得高适是个可用之才，于是给他封了官，高适因此地位变高了。

高适当时一心报国，敢于进谏，权贵们都有些害怕他。唐玄宗当时用封官镇守各地的方式管理国家，高适多次向唐玄宗进谏，说这样对国家很不利，很容易造成分裂动乱，但是并没有引起玄宗的注意。

果然，第二年，永王刘璘在江东起兵造反，企图占领扬州。在位的唐肃宗听闻高适曾经向玄宗进谏，是个很有谋略的人，于是立刻召见高适，让高适分析当前的形势，并提出解决的办法。高适面对混乱的局势，一点都不慌张，他十分冷静地分析了永王刘璘的优势和劣势，并预言，永王刘璘的叛乱一定会失败。唐肃宗对高适的才能感到十分震惊，觉得要安定天下，一定要有高适的辅佐。于是封高适为御史大夫、淮南节度使，让他和江东节度使一起，平定永王的叛乱。高适渡过江东之后，所向披靡，永王没有支持多久，就兵败自杀了。

平定永王的叛乱后，唐肃宗又赏赐了高适。但是，高适的这些成就引起了奸臣的厌恶，他们认为高适这样一个有能力又敢于进谏的人在朝廷中，一定会阻挡自己升官发财，于是就在皇帝面前说高适的坏话，挑拨他和皇帝的关系。最后，高适在奸臣的离间下，被皇帝贬官出宫，再次离开了京城。

送友人

[唐] 李白

青山横北郭①，白水绕东城。
此地一为别，孤蓬②万里征③。
浮云游子意，落日故人情。
挥手自兹④去，萧萧⑤班马⑥鸣。

注释

① 郭：古代修筑在城外的一种外墙。
② 孤蓬：又名"飞蓬"，一种草，枯后根断，常常随风飞旋。这里比喻即将孤身远行的友人。
③ 征：远行。
④ 兹：此。
⑤ 萧萧：马的嘶叫声。
⑥ 班马：离群的马。

导读赏析

清新明朗的送别诗

这是一首别致的送别诗，诗人巧妙地运用了色彩，形成明亮爽朗的基调，诗情画意中淡化离别的伤感，而加强了对友人的依依惜别之情，让人耳目一新。

诗人在首联用极其工整的对偶句，描写了离别之地的景色。"青山横北郭，白水绕东城"，一静一动，描绘出青山绿水的送别场景。青翠的山峦横亘在外城北面，清澈的流水绕东城缓缓流过。"青山"与"白水"相对，色彩明丽，景色清秀；"横"与"绕"相对，一静一动，既勾勒出了青山的模样，也描绘出白水的姿态；"北郭"与"东城"相对，点明了离别的地点。别开生面的对偶，准确而又传神地描摹出秀丽的图景，让人难忘。颔联承上而来，直接写离别深情。"此地一为别，孤蓬万里征。"此地一别，你就要像那飞蓬草，飞旋漂泊，到万里之外去了。这两句仿佛诗人与友人当面话别，语言直接，用"孤蓬"比喻友人，传达出诗人深深的不舍。"浮云游子意，落日故人情"，诗人巧用象征，借"浮云"、"游子"的意象，寄托自己对友人的依依惜别和不舍之情。天空中一抹白云，随风飘浮，象征着友人行踪不定，漂泊四方。而远处红日缓缓落下，仿佛对大地有着无限的眷恋而迟迟不肯离开大地，这隐喻诗人内心对于友人的深切留恋。诗人将自己真挚的感情融化在浮云、落日的景象中，让景中含情，动人心弦。尾联则更加显出诗人的情真意切，"挥手自兹去，萧萧班马鸣"，写的是离别的场景。送君千里，终须一别，友人必须离开，诗人只能挥手告别，却听见那离群的马儿不断嘶鸣，仿佛不愿意离开。诗人内心虽然有留恋和不舍，但是没有直接表达，而是通过班马的嘶鸣来衬托自己内心的不舍，真是言有尽而意无穷。

趣闻轶事
十里桃花，万家酒店

根据记载，汪伦是泾县一个比较富裕的知识分子，隐居在桃花潭岸边，他十分仰慕李白的诗才，但是没有机会见李白一面。

唐代天宝末年的时候，李白漫游到宣城，正好离泾县不远。得知消息的汪伦十分激动，于是心生一计，马上给李白写了一封信，信上说："先生您喜欢游览是吗？我们这里有十里桃花，供您欣赏；先生您喜欢饮酒是吗？我们这里有万家酒店，供您品尝。"李白看到信中说到桃花和好酒，觉得美景和美酒怎么能错过呢？于是欣然接受了汪伦的邀请。等到了泾县桃花潭的时候，李白却并没有发现汪伦信上说的十里桃花和万家美酒，这时候，汪伦才笑着告诉李白，"所谓桃花，是这水潭的名字，有十里水潭并不是真正有十里盛开的桃花；而那万家酒店，乃是酒店的店家姓万，也不是真有一万家酒店。"李白听了之后，觉得汪伦真是机智，于是开怀大笑，对汪伦骗他也并不在意。

李白在桃花潭逗留了好几天，汪伦一直都是好酒招待，并和他一起游览桃花潭周围的景致。李白离开的时候，汪伦亲自送他，还特意赠送了李白八匹好马和一些十分珍贵的布匹。李白被汪伦的爽快和真诚所感动，于是写了一首诗作为临别的礼物，这首诗就是著名的《赠汪伦》：

李白乘舟将欲行，忽闻岸上踏歌声。
桃花潭水深千尺，不及汪伦送我情。

虽然只是简简单单的四句，却充分表述了李白和汪伦的深情厚谊。

送杜十四之江南①

[唐] 孟浩然

荆吴②相接水为乡，
君去春江正渺茫。
日暮征帆③何处泊，
天涯一望断人肠。

注释

① 杜十四：杜晃，排行第十四。之：到，去。
② 荆：指荆襄一带。吴：指东吴。
③ 征帆：远行的船帆。

导读赏析

水乡的远行

送别的诗很多会写到酒，写到周围景物，然后寄托临别的情怀。然而在水乡浩浩、春江渺茫的情景下，诗人赠别将要远行的朋友，却写出了别具一格的送别诗。

诗人以地点写起，"荆吴相接水为乡"，并不直接写送别，而是写荆吴两地之间的环境，并宽慰友人。荆吴两地虽然不同，但都是江南水乡，行船十分方便，所以朋友啊，你就放开眼界，放心离开，即使远行，我们一样距离很近。诗人先写两地，暗示将要分离，而用"水为乡"这一连绵浩大的景象来宽慰朋友，也展示出诗人豁达的胸襟。"君去春江正渺茫"承接上一句水乡环境，写眼前的实景，用远大的意境，点明友人的离别。朋友离去正是春天江水浩荡渺茫的时候，这春江的水仿佛含着诗人的无限情思，宽阔的江面、平缓的水势让人又爱又恨，它既能让友人一帆风顺，又会将友人很快地送到远处。诗人在这两句虽然没有直接写离别的感情，但已经将自己的感情都融化在了描绘的情境之中。

后两句直接写离别之情。"日暮征帆何处泊"，是诗人在朋友出发后想象的情境。渺茫的春江，漂荡着一片征帆，二者相互映衬，形成强烈的对比，让春江显得更阔大，征帆显得更渺小。夕阳西下的时候，朋友那远行的船会停在什么地方呢？诗人这停船的一问，显示出对朋友的无限牵挂之情。"天涯一望断人肠"，描绘出诗人送走友人后仍然站立不动，挥手目送的样子。朋友已经离去，只剩下我独自在这江边，放眼望去，真是让人伤心。"断人肠"突出了送别后的感伤，也描绘出诗人深深的眷恋和不舍。

整首诗寓情于景，情深意长，让人印象深刻。

孟浩然和李白的友情

□ 趣闻轶事

孟浩然比李白大十多岁,在李白还是青年的时候,孟浩然就已经是名满天下的著名诗人了。但是孟浩然和李白却是一见如故,两个人交情很深,孟浩然还是李白成名前的举荐人,李白对孟浩然也是既交心又佩服。

李白26岁的时候,从蜀地沿长江游历,经过襄阳,听说孟浩然隐居襄阳,于是特地去拜访,两人一见如故,很快成为了好朋友。几年之后,孟浩然要去广陵,李白听说后,便托人带信,约孟浩然在江夏(今隶属于武汉)相聚。相聚那天,孟浩然和李白在黄鹤楼愉快地重逢,倾诉分别之后的思念之情。几天后,孟浩然就乘船东下,李白在黄鹤楼亲自送别。目送孟浩然的船只离开后,李白独自望着悠悠的江水,还有江上渐行渐远的孤帆,惆怅之情油然而生,于是挥笔写下了《黄鹤楼送孟浩然之广陵》,将离别之情寄托在碧空和江水之间。

十年后,李白和孟浩然又一次见面。时隔多年,李白对孟浩然更是钦佩有加,在离别的时候又写下了著名的《赠孟浩然》:

吾爱孟夫子,风流天下闻。
红颜弃轩冕,白首卧松云。
醉月频中圣,迷花不事君。
高山安可仰,徒此揖清芬!

李白的这首诗,高度赞美了孟浩然,充分表达了自己对孟浩然的敬仰之情。不久之后,孟浩然因病去世,李、孟这一别,竟成永诀。

渭城①曲

[唐] 王维

渭城朝雨浥②轻尘,
客舍③青青柳色新。
劝君更④尽⑤一杯酒,
西出阳关⑥无故人。

注释

① 渭城:地名,即秦代咸阳古城,在今陕西西安。
② 浥(yì):湿润。
③ 客舍:旅馆。
④ 更:又,再。
⑤ 尽:喝干,干杯。
⑥ 阳关:古代关名,自古以来为赴西北边疆的要道。在今甘肃敦煌西南。

导读赏析

阳关三叠

你听过著名的琴歌《阳关三叠》吗?这首曲子一唱三叹,曲调缠绵,感情深沉,为我们创造出一个感人至深的美好境界。这首琴歌的歌词正是源自王维的这首《渭城曲》。

这是一首饱含深情的送别诗。"渭城朝雨浥轻尘,客舍青青柳色新",诗人一起笔,便渲染出一个清新明朗、让人心情润泽舒畅的送别环境。清晨,一场春雨洗去了往日的尘土,将渭城的道路洗刷得干净清爽,也将旅店路边的杨柳冲洗得更青更翠了。诗人用简短的两句话,勾画出一幅明朗清新的图景,冲淡了离别的黯然神伤,为后面的告别奠定了深情含蓄的大背景。

"劝君更尽一杯酒,西出阳关无故人",朋友啊,临别再干了这一杯酒吧,要知道,你此行西去,一旦出了阳关,可就再也见不到老朋友了!诗人在这两句中截取了饯别时最有表现力的劝酒镜头。酒过数巡,告别的话肯定也说了很多,朋友启程的时刻也终于要到来,临行之际劝朋友再饮一杯似乎可以推迟离开的时间,让朋友能再多留一刻。这最后的一杯酒凝聚了诗人全部的深情厚谊,包含着诗人对即将远行的朋友的深情关怀和体贴,包含着诗人对友人殷切的祝愿。简单的几个字,表达的却是丰富而复杂的感情,诗人遥想友人离去后的处境,不禁升起无限感叹,虽然并未写朋友远去的忧伤,也没有说朋友分别的哀愁,但含蓄委婉地书写了浓浓的依依惜别之情,余韵不绝。

这首诗有情有景,情景交融,送别场景明朗清新,送别情意含蓄浓厚,古往今来赢得无数读者的赞誉,《渭城曲》也成为送别诗词的代名词。

◻ 趣闻轶事

观画知曲的故事

王维不仅是一位诗人，还是一位音乐家。他通晓各种音乐，不但能够演奏乐器，还会自己作曲。对于当时流行的各种曲子，他更是信手拈来。别人要是有不太清楚的地方，只要一问王维，肯定就会明明白白了。

有一天，有个人得到了一幅画，画名叫《按乐图》，画的是一群乐工聚精会神地演奏一支乐曲。人物表情，惟妙惟肖，吹弹击节，栩栩如生。他觉得这幅画作这么精美，一定画下了一场盛大的奏乐场面，但是，他怎么也看不出来演奏的是什么曲子，于是就抱着画去请教王维。

王维一看到这幅画就被画给吸引住了，连连点头称赞。旁边的人却参不透其中的玄机，便迫不及待地问他看到了什么，他笑着说道："这幅画的精妙之处不只在于人物画工精巧，重要的是它完整地画下了《霓裳羽衣曲》的第三叠第一拍，而且每个人物和动作都十分到位，可以说是一件十分了不得的艺术品呀！"

人们听了，再看看画，顿觉豁然开朗。这时，有人半信半疑地说道："这幅画确实是画了一班乐工在演奏乐曲，不过您怎么能确定是第几叠第几拍呢？"王维听了了然一笑，道："诸位要是有疑惑，不妨请一班乐工来演奏，咱们当场验看一下，看看在下说得对不对。"大家的好奇心被鼓动起来了，于是立刻请来了一班乐工，当场演奏《霓裳羽衣曲》。当演奏到第三叠第一拍的时候，便马上下令叫乐工停住，然后与画上的人物相对照。只见乐工们的手指和嘴唇在乐器上的位置，以及每一个人的动作和姿态都和画上的一模一样，人们不禁拍案称奇。在场的人没有不服气的，全都拍手叫好。大家佩服画家高超的技巧，更佩服王维神奇的眼力。

王维之所以能够如此卓尔不群，是因为他的头脑中储存着相当丰富的音乐和绘画知识。再加上他十分细心，善于观察，所以就能发现大家所不知道的东西。

送友人

[唐] 薛涛

水国①蒹葭②夜有霜，
月寒山色共苍苍③。
谁言千里自今夕，
离梦杳④如关塞长。

注释

① 水国：指蜀地成都。
② 蒹葭（jiān jiā）：芦荻和芦苇。
③ 苍苍：白茫茫的样子。
④ 杳（yǎo）：渺远的样子。

秋夜送人情谊长

□ 导读赏析

你读过《诗经》中的《蒹葭》吗？见到过"蒹葭苍苍，白露为霜"的水国美景吗？在这样清雅的秋日景色中，给朋友送别是一件多么伤感的事情啊！

在这首诗中，诗人先对送别友人时周围的场景进行了描绘。"水国蒹葭夜有霜，月寒山色共苍苍"，沾着霜露的蒹葭与月色下的苍山共同营造出了一种冷淡凄清的氛围。白色的芦花在秋夜中静默，花叶上的冰霜像泪珠般晶莹。清冷的月色洒在山脊上，将群山染上了白茫茫的寒色。诗人触景生情，生出了一股惜别之意。

全诗的后两句则是抒情的话语，它既像是诗人自己的低诉，又像是对朋友说的赠别之语。诗人感慨道，在今天的告别之后，我们就要相隔千里了。可是我的感情那么深长，它将会借着我们的梦境陪你直到边关塞外。诗人与友人依依不舍，便许下了这样美好的承诺来安慰将要远行的人。

总体说来，这首诗先通过秋天的夜景托物起兴，然后再借景抒情表达诗人的不舍之情。其对景色的描写之清丽细腻，感情抒发之辗转委婉，让整首诗的内涵都变得更加丰富和耐人寻味。这首诗的作者薛涛是唐代著名的女诗人，她的诗歌语言中自然流露着女子的清新与柔婉。这使得她能够在才子众多的唐代诗坛脱颖而出。这首送别友人的诗作很好地体现出了这位女诗人与众不同的熠熠文采。

□ 趣闻轶事

才女薛涛

薛涛在长安出生,在蜀地成长。薛涛的才学为她赢得了赞赏,她在蜀中的名气也渐渐大了起来。黎州的刺史听说了她的名声,于是想要当面见识一下。一次,他们在酒席上行酒令,他便趁机对薛涛说:"别人都说你聪慧过人,我来考考你怎么样?"薛涛莞尔一笑道:"您请出题吧。"于是这个人说:"这次我们行一个令,要求从《千字文》中找出一句话来,必须带有鱼或者鸟。我先说一句,你来接着说。"于是他说了一句"有虞陶唐",因为"虞"和"鱼"同一个读音,所以以为合了令,非常得意。只见薛涛从容不迫地接道:"我对'佐时阿衡'。"听到薛涛的答案,这位刺史大笑着说:"你这一句里面没有鱼鸟,应该受罚!"薛涛却胸有成竹地回答他说:"我这里面可有一条鱼呢。您没看见'衡'这个字里面有一个小小的'鱼'字吗?反倒是您的这一句里,一条小鱼都没有呢!"在座的宾客听到薛涛机智的回答,都赞叹地大笑了起来,纷纷称赞薛涛的才学果然名不虚传。

赋得①古原草送别

[唐] 白居易

离离②原上草，一岁一枯荣。
野火烧不尽，春风吹又生。
远芳③侵④古道，晴翠⑤接荒城。
又送王孙⑥去，萋萋⑦满别情。

注释

① 赋得：根据一个已有的题目作诗。
② 离离：野草茂盛的样子。
③ 远芳：飘散得很远的香气。
④ 侵：这里是弥漫的意思。
⑤ 晴翠：阳光照耀下草色翠绿的样子。
⑥ 王孙：指诗人的朋友。
⑦ 萋萋（qī）：青草茂盛的样子。

导读赏析

芳草萋萋的离别路

这首诗是诗人在科举考场上完成的，考题是要求考生们根据"古原草送别"这个场景来赋诗一首。写出这首诗的时候白居易只有十六岁。在先秦，著名诗人屈原就写过"王孙游兮不归，春草生兮萋萋"的句子，所以后人就常常将朋友之间的离别和古原上的春草联系在一起。

这首诗首句点题，描写古原上青草茂盛的样子，为后文描绘"远芳侵古道，晴翠接荒城"的画面做好了铺垫。诗人抓住了这些草的特点，用"一岁一枯荣"来表现它们顽强的生命力。也就是说，小草每过一年都要枯黄一次，但到了来年还会重新生长起来，它们如此坚强，就算是野火也不能把它们烧尽。当春风吹起，它们就又会冒出头来，茁壮成长。"野火烧不尽，春风吹又生"是这首诗的点睛之笔，诗人巧妙地运用了对仗的修辞手法，将"烧不尽"与"吹又生"的景象并列展示出来，生动而又形象地塑造出了小草们欣欣向荣的姿态，所以这两句后来也成了流传甚广的名句。

接着诗人将视线拉远，他想象着整片草原与远处的荒城相接，青草的芬芳已经弥漫在整条古道之上。诗人在古道旁边送别亲友，不舍之情溢于言表。于是他在诗的最后用古原之草渲染出了离别的情绪，用最后一句与主题相扣。"又送王孙去，萋萋满别情"，诗人将自己的感情寄寓在了这些青草之上，仿佛这每一片绿意盎然的草叶上都寄托着他的祝福，在向他的友人表达送别之情。

天才少年白居易

☐ 趣闻轶事

白居易的这首《赋得古原草送别》流传了上千年，在今天还是深受大家的喜爱。可是你知道吗？这首诗其实是白居易少年时代的作品呢！

16岁的时候，白居易第一次到京城参加科举考试。他的年纪这么小，大家都以为他不会考中，所以也都不太在意他。但是小白居易却非常自信和勇敢，他带上自己创作的诗稿决定去拜访当时著名的大诗人和大画家顾况。

看到少年白居易，顾况起初并没有在意。他想，像白居易这样年轻的书生，能作出什么好诗来呢？于是便借用白居易的名字半开玩笑地劝导他说："孩子，京城里的东西都太贵，你要想'白居'，可不'容易'啊！"不过这样的取笑并没有吓退白居易，他依然静静地等待着顾况去翻阅他的诗稿。顾况看到的第一首诗就是这首《赋得古原草送别》：

离离原上草，一岁一枯荣。
野火烧不尽，春风吹又生……

看到这里，顾况难掩心中的激动，连连夸奖白居易写得好，并且赶紧为自己先前的话道歉。他说："孩子啊！你能写出这样漂亮的诗句，以你的才华，想要在京城站住脚又有什么难的呢！"后来白居易考中了进士，当时的名人们也向世人推荐他的诗作，他在京城的名气就越来越大，大家都争相来买他的诗集。说起来，这首《赋得古原草送别》可以算得上是他的成名作呢！

不过白居易并没有因为受到大家的吹捧而放慢自己前进的脚步，他依旧在诗歌创作的道路上不断地打磨自己。他不愿意写复杂难懂的句子，因为这样会有许多人读不懂。他经常把自己写的诗读给门前的老婆婆听，问她："您听得懂吗？"如果老婆婆说出哪里听不懂，他就会立刻回去修改。大概正是因为他的诗都通俗易懂，所以大家更容易接受，就连外国人也很喜欢他的诗呢！

别滁[①]

[宋] 欧阳修

花光浓烂柳轻明，
酌酒[②]花前送我行。
我亦且如常日醉，
莫教[③]弦管作离声。

注释

① 别滁：滁，滁州。今安徽滁州。这首诗是诗人将要离开滁州时所作。
② 酌（zhuó）酒：倒酒，斟酒。
③ 教：让。

导读赏析

潇洒的告别

离别是一件伤感的事情，人们总是在送行的时候依依不舍，觉得难过。可是南宋的欧阳修却不一样。这一次，他要离开滁州，被贬到扬州去做官。仕途不顺加上离别之苦，本应该怨声载道，可是他却十分潇洒乐观。

"花光浓烂柳轻明，酌酒花前送我行。"明

明是离别在即，诗人却还有心思欣赏鲜艳烂漫的春花和清淡明快的柳色。与其他送别诗常用凄凉的景色起兴不同，诗人为这首诗奠定了旷达疏朗的感情基调。诗人虽有不舍，却还能自我安慰。他看到往日相处的滁州官民都来为他酌酒钱行，心中觉得十分满足。他们在百花之前摆起酒席，觥筹交错，互道珍重。诗人感激当地民众对他的关心和爱戴，他承诺要让这一切有一个圆满的结尾。

所以，在诗的后两句中，他说："让我今天也像往常一样醉个痛快吧！可不要叫助兴的丝竹演奏离别的曲调啊。"诗人并不是没有离别的伤感，而是不愿被这种伤感所淹没。他希望能够用积极的态度去接受事实，潇洒地离去。正是这种豁达的心胸使这首送别诗有了不一样的味道，让诗的意境达到了不同寻常的高度。

人生百年，离别是经常会发生的事情。虽然心有不舍，但是用什么样的态度去对待它，能体现一个人有着怎样的胸怀。是笑着离开还是哭着说再见，效果一定是不一样的吧！

▫ **趣闻轶事**

乐观的欧阳修

欧阳修在被贬之前，曾经担任过许多重要的职位。他这个人为人正直，没有私心。有一次，范仲淹等官员向皇上进言，谈论政事。可是，皇上听信了小人的谗言，认为范仲淹等人侵犯了朝廷，下令贬他们的官。欧阳修看不惯这些小人的行为，就写了一篇文章进行批判。

这篇文章叫《朋党论》，欧阳修把当下朝廷中贪官勾结、陷害忠臣良将的事情一一揭露了出来。可是欧阳修的所作所为并没能挽救什么，而且他自己还因此而受到了连累，被贬到了滁州。在大家都觉得欧阳修这样的做法不值得的时候，欧阳修却毫不动摇地说："如今我没能挽救得了局势，范仲淹还是要被贬到远方。我不能跟他们一起在朝廷办事，那我就跟他们一起退到不起眼的地方去做平凡的工作吧。我觉得这样也不错呢！"

欧阳修到滁州，没有因为遭到贬谪而感到难受想不开，相反，他在这里尽心尽力地为百姓办事，让这个地方的粮食年年都能大丰收，人人都能快乐地生活。这里的人民都喜爱他，他还在这里交到了许多志同道合的好朋友。等有了闲暇，欧阳修就和大家一起来到滁州城外的琅琊山上，喝酒聊天，享受自然美景，好不惬意。后来，欧阳修写下了一篇流传千古的《醉翁亭记》，抒发自己的心情。文章中那轻快简明的语言和超脱淡然的气质，无不让人为之折服。

寄黄几复①

[宋] 黄庭坚

我居北海君南海,寄雁传书②谢③不能。
桃李春风一杯酒,江湖夜雨十年灯。
持家④但有四立壁⑤,治病不蕲⑥三折肱⑦。
想见读书头已白,隔溪猿哭瘴⑧溪藤。

注释

① 黄几复:黄庭坚的好友。
② 寄雁传书:因为大雁是候鸟,每年春天飞回南方,所以古人有借大雁传达书信的说法。
③ 谢:辞。
④ 持家:养家。
⑤ 四立壁:形容家中贫穷得只剩下四面的屋墙。
⑥ 蕲(qí):祈求。
⑦ 三折肱(gōng):肱是大臂,古人有三折肱便能成为好医生的说法。
⑧ 瘴(zhàng):瘴气,古代在岭南非常多见。

导读赏析

天南海北的牵挂

黄几复是黄庭坚少年时期的伙伴,两人的友谊一直保持到他们长大以后。这首《寄黄几复》写成的时候,黄庭坚人在齐鲁(山东),而好朋友黄几复却在岭南(广东)。相隔千里,诗人对他的近况无比牵挂,所以写下了这首诗。

诗人在诗的首联写出了彼此天各一方,不能取得联系的悲哀。"我居北海君南海,寄雁传书谢不能。"诗人为了突出自己与友人的距离之遥远,将大雁做了拟人化的处理。大雁是候鸟,每年春天都会飞回南方。诗人想借着大雁回飞的机会托它们顺路为自己送去慰问的书信。可是大雁也飞不到那么遥远的南边,所以只好拒绝他的请求。诗人用生动的语言既写出了与朋友联络的困难,又表现出了自己的无助与难过。

颔联中,孤独的诗人不禁想起原来与朋友一同度过的美好时光。那时候他们也曾在桃李树下沐浴春风,对酒当歌,好不快活。不料一别十年,江湖风雨都是各自承担,共同做伴的只剩下一盏孤独的灯。这两句诗的妙处就在于诗人将无限深重的情思都赋予一杯酒、一盏灯之间,可是这两件轻巧的物件却承载着他与友人从小到大的喜怒哀乐。而且诗人又用"一杯"和"十年"分别修饰酒和灯,在情绪上形成了鲜明的对比。相聚的时候不管发生什么事都能一醉解千愁;可是孤身一人之后,这十年来的每个夜晚又是多么难熬啊!

倾诉了自己的哀愁之后,诗人又担心起朋友的处境来。在诗的颈联中,诗人想象着朋友辛苦持家的样子,将他穷苦的生活描画了出来。他的朋友是一位正直廉洁的人,平时克己奉公,不懂得照顾自己。所以诗人也劝解他不必非要做到"三折肱"那么认真,一定要保重自己的身体。尾联中诗人说道:"十年来你都这样专心研习治国之道,想来现在头发应该都变白了吧?"这一句虽是想象,却寄托了诗人对友人深深的关心。全诗最后结束在岭南荒凉的景色之中,诗人用瘴气弥漫的山溪和攀藤哀叫的猿猴再次突出了朋友生活的不易,表达了自己深切的惦念。

□ **趣闻轶事**

黄庭坚与苏轼

黄庭坚是我国北宋时期的大文学家和大书法家,他既善于写诗又写得一手好字。相传,他曾经拜当时的大文豪苏轼为师,和秦观、张耒、晁补之一起被称为"苏门四学士"。黄庭坚对苏轼一直非常欣赏和敬重,也常与他谈论文学问题。苏轼有一首《卜算子》,其中写道"缺月挂疏桐,漏断人初静",描绘的是入夜之后,不圆的月亮与萧疏的梧桐树相映成趣,远处传来打更的声音,更显出夜的寂静。黄庭坚对这两句特别喜爱,暗叹它"词意高妙"。他说:"这简直就像是从不食人间烟火的仙人嘴里说出来的呀!如果不是读过万卷书的胸怀,没有超凡脱俗的文采,怎能够写出这么美妙的句子呢?"

黄庭坚努力向苏轼学习,十分刻苦,不久之后,他自己的诗作也被别人称赞了。当时大家都将他和苏轼并称为"苏黄"。苏轼也非常欣赏黄庭坚的才学,他曾经向皇帝推荐过黄庭坚。他说:"黄庭坚是一个不可多得的人才!他的诗词文赋瑰丽雄伟,在今天无人能比;而他的人品又非常忠厚善良,简直可以和高尚的古人相提并论!"

于郡城送明卿①之江西·其二

[明]李攀龙

青枫飒飒②雨凄凄，
秋色遥看入楚③迷④。
谁向孤舟怜逐客⑤？
白云相送大江西。

注释

① 明卿：诗人的好友。
② 飒飒：拟声词，形容枫树被风吹动发出声音的样子。
③ 楚：楚地，在今湖南湖北一带。
④ 迷：迷蒙，迷离。
⑤ 逐客：被驱逐的人。

□ 导读赏析

风雨助秋凉

这是一首送别友人的小诗，没有艰涩的辞藻，也没有深奥的典故。简单却不单调，清新又有味道，易于阅读和理解。

首句诗人用了"青枫"这个意象，并不算新颖。唐代，张继的《枫桥夜泊》里就有"江枫渔火对愁眠"的句子，用红枫来渲染秋景。但是，

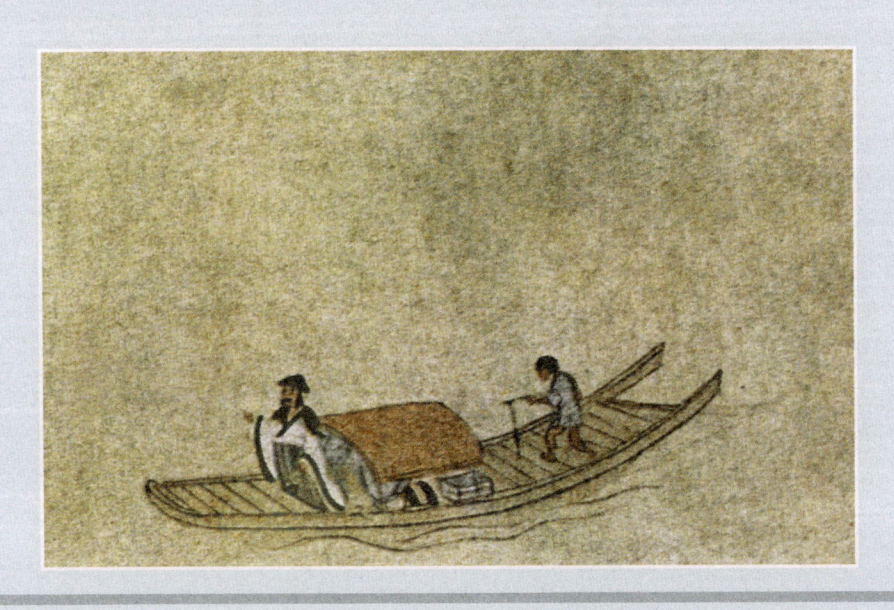

李攀龙并没有正面描写枫树的样子，他的巧妙之处在于通过描写枫树被风吹动发出"飒飒"的声音，来表现这是一个风雨凄凄的夜晚。秋风吹动树叶，秋雨打湿行人的衣衫。诗人在江边送走了自己的好友，目送着他越走越远。"秋色遥看入楚迷"这一句写得情景交融，极有味道。秋天所独有的气息与颜色笼罩着大地，在斜风细雨的笼罩下，让远方的景色看起来是那样的朦胧迷离。一个"入"字，虽然简单，却给人一种视觉上的真实感。古人《陋室铭》中有"草色入帘青"的句子，用的也是一个"入"字。仿佛不是自己主动看到前方的景色，而是那景色自己撞入眼帘，抹灭不去一样。在这一句中，风雨与秋色交融，让"入楚迷"这三个字显得何其恰当与得体。

前面两句描写景色，后面两句便是抒情了。诗人可怜自己的朋友孤独地乘坐小船远去，而且这次离开他是作为"逐客"被赶走的。诗人用了反问的句式写下这一句，仿佛真的在问世上的人，谁会去关心一个被贬谪的人。但是诗人也无法改变这一切，只能将他的关心寄托给白云，送着友人远去。

📖 趣闻轶事

李攀龙的诗社

李攀龙是明代嘉靖年间一位享有盛名的诗人。李攀龙在三十多岁的时候考中进士。步步高升的李攀龙借此机会认识了许多和他一样有才华的文人，比如谢榛和王世贞等人。这些人也都非常喜欢作诗，而且也都欣赏对方的才华，所以他们就一起组织了一个诗歌沙龙，在闲暇时聚在一起结社作诗。因为这个诗社里的诗人一共有七个，和明代前期的"前七子"诗人组合看上去十分相像，所以大家都叫他们"后七子"。他们的诗社还有一个口号，叫"文必西汉，诗必盛唐"，意思就是写文章就要向西汉的文人学习，写诗就要像盛唐的诗风靠拢。

寄陈伯玑①金陵

[清] 王士禛

东风着意吹杨柳,
绿到芜城②第几桥?
欲折一枝寄相忆,
隔江残笛雨潇潇。

注释

① 陈伯玑:诗人的好友。
② 芜城:古城名,在今江苏南京附近。

□ 导读赏析

折柳寄相思

当亲友要远行的时候,我们常常会请他们吃一顿饭,为他们饯行。有时候还会送他们一点小礼物,表示自己对他们的关心。古人在送别亲友的时候,则会送上一枝柳条。

这首诗描写的是诗人送别朋友时候的场景。春天的东风徐徐地吹着,河边的杨柳也飘动了起来。看到淡绿色的杨柳枝条就想起了送别的事,诗人于是说:"这东风也是情意绵绵的吧?它有意地吹动着杨柳的枝条。"其实东风怎么会有想法呢?是诗人将自己的感情转移到了风的身上,把东风也看成有感情的东西。春天的东风这样温暖,所到之处万物萌生。于是诗人又问:"它吹绿了芜城第几桥岸边的杨柳了?"他在想象中提出问题,表达自己对友人的牵挂之情,仿佛愿意随着这东风一起跟朋友到远方去。

到了下一句,诗人的描写又转回到了实际的场景中来。朋友还是要走了,诗人着急地"欲折一枝寄相忆"。折柳送别是自古以来的习俗,他也想要折一条柳枝送给友人,聊表自己深深的思念之情。然而送过了柳枝还是要迎来离别的时刻。友人已经坐船远去,这时的诗人所看到的景色是:冷雨潇潇地下着,隔江传来友人吹奏笛子的声音。那声音幽幽怨怨,仿佛也在呼应着诗人的送别之情。

春雨潇潇是实景,而东风吹绿远方的杨柳是诗人幻想中的景色。这首诗的妙处就在于诗人将对实际场景的描写与想象中的虚景穿插在了一起,让人在虚实之间体会这种送别的意味。

秋柳诗人王士禛

◻ 趣闻轶事

　　王士禛在许多诗中都写过柳树。你知道吗？其实他最初还是因为《秋柳》诗而闻名的。

　　当时的王士禛只有二十四岁，正是意气风发的青年时期。有一次，他在济南游历中和当时众多的名人雅士在大明湖聚会。在聚会上，王士禛赋了四首《秋柳》诗。诗文神韵优美，境界高妙，得到了人们的称赞。于是他便组织大家一起成立了秋柳诗社。诗社一成，就引来了许多文人的瞩目。文人们从全国各地前来，纷纷加入他的诗社。没过多久，这里就集聚了上百余人，成为了当时诗坛上最耀眼的一个诗人小团体。而王士禛也自然而然地成了当时诗坛上的领军人物。

　　王士禛写诗注重神韵，所以作出来的诗总是能比别人高出一筹。同时，他又喜欢运用典故，总是时不时便插入一个。别人评价说他的诗里面，没有一个字是找不到出处的。言下之意，王士禛爱用典故已经到了掉书袋的程度！虽然这样能显示出他的博学，可也无端加大了诗歌的难度。读者们常常读完他的诗，却不明白诗人的用意为何。不过，王士禛在这首《寄陈伯玑金陵》中，却没有犯这样的毛病。他在这首诗中并没有使用什么艰涩的典故，只是化用了一个民间的习俗——折柳。

游子吟①

[唐] 孟郊

慈母手中线，游子身上衣。
临②行密密缝，意③恐迟迟归。
谁言寸草心④，报得三春晖⑤。

注释

① 游子吟：游子，离家远游的人。吟，一种诗体。
② 临：将要，快要。
③ 意：指心意。
④ 寸草心：小草的心。
⑤ 三春晖：三春，指春天的孟春、仲春和季春；晖，阳光。三春晖在此形容母爱。

□ 导读赏析

永恒的母爱

"世上只有妈妈好，有妈的孩子像个宝。"从我们还不懂事的时候开始，一直关心我们、爱护我们的人就是我们的妈妈了。妈妈对我们的爱那样无私，她们总是不辞辛劳、无微不至地照顾着我们。想起我们最爱的妈妈，我们常常会唱起《世上只有妈妈好》这首歌。而古代的诗人孟郊，则唱了另外一首歌抒发他对妈妈的爱。

《游子吟》是一首歌颂母爱的小诗，语言朴素自然，而感情却十分深厚。它描绘的是一位慈母在儿子远游前，为他缝制衣衫的场景。在过去，科技不像现在这样发达。家中的儿女一旦远游，便会很久都联络不上。他们在外是否受饥受寒，都是母亲最为担心的事。于是母亲们就通过自己手中的针线表达对儿女的关心和惦记。"慈母手中线，游子身上衣"，诗人将此时母亲手中的针线与日后要穿在游子们身上的寒衣联系起来，给人一种穿越了时空的画面感。而下一句"临行密密缝，意恐迟迟归"，诗人则是用细腻的动作描写和心理描写展现了一位母亲尽心竭力缝衣服的模样，表现了她舍不得儿女远走，担心他们久久不能回家的心情。这种深沉的母爱，就通过她们手中的这一针一线传达到儿女的身上。仿佛将他们连接在一起的不只是一件衣服，而是他们彼此的心，一种血浓于水的骨肉之情。

在描绘完这一场景之后，诗人用最后一句诗给全诗做了升华。"谁言寸草心，报得三春晖。"诗人把小草比作儿女，把阳光比作母亲，并且用了反问的句式，表现母子之间的亲情。这两句诗的意思是："谁能说那像小草一样的儿女的心，能够报答得了母亲那多年来阳光般的关爱呢？"

趣闻轶事

苦吟诗人孟郊

诗人们作诗的风格都不一样。有些诗人作起诗来洋洋洒洒,像是得到了神仙的帮助一样,美妙的句子脱口而出,如"诗仙"李白。但是也有一些诗人,是通过"苦吟"来打磨自己的语言,让它们变得更加精美的。孟郊就是这样一位苦吟诗人。

孟郊对作诗充满热情,他的一生都在苦心琢磨如何才能把诗写得漂亮。他不断地学习和实践,获得了很大的长进。

所以,孟郊在当时就已经非常有名气了。韩愈就曾称赞他的诗歌词句精当,富有张力。比如,他形容月亮颜色的时候不说它是黄色还是白色的,而说它是"冰"一样的颜色。这在向读者传达月亮的色泽的同时还给人一种触觉上的感受,实在是非常奇妙!再比如说,他写南山的高大,说它好像"塞"住了天地。仿佛天地间已经填满了南山,而且还有点儿拥挤呢,真是别具匠心!不过,要说孟郊最为过人的地方,还不在这些语句的锤炼上。他那敏感多愁的性格让他总是比别人更容易发现人与人之间的真情。你看他那一首《游子吟》写得多么感人啊!真是道出了千万游子的肺腑之言!

与孟郊一样被人称作"苦吟诗人"的还有一位,就是贾岛。他一边吟诵,一边手上做着推敲的动作。你看他作起诗来多么用心啊。"推敲"这个典故说的就是贾岛的故事。

行旅从军

凉州词

[唐] 王之涣

黄河远上白云间，
一片孤城万仞①山。
羌笛②何须怨杨柳③，
春风不度④玉门关⑤。

注释

① 万仞：仞，古代长度单位，一仞相当于七尺或八尺。万仞，形容很高。
② 羌笛：羌族乐器，属横吹式管乐。
③ 杨柳：《折杨柳》曲。古诗文中常以杨柳比喻送别。
④ 度：到达。
⑤ 玉门关：古关名，汉武帝置，因西域输入玉石取道于此而得名。故址在今甘肃敦煌西北小方盘城，是古代通往西域的要道。

导读赏析

阔大雄伟的边塞图

《凉州词》是盛唐时期流行的一种曲调《凉州曲》的歌词，本是西域音乐，后来许多诗人用《凉州曲》填写新词，于是出现了许多脍炙人口的诗篇，王之涣的这首《凉州词》便是其中非常有名的一首。

诗人用诗的语言给我们描绘出一幅荒寒却又雄伟的边塞图画。"黄河远上白云间"为这幅图画铺垫了整体的背景。诗人神思飞跃，气象开阔，自下而上眺望黄河，波浪滔滔的黄河仿佛从天上白云之间飘落下来一样。源远流长的黄河充满了闲远的静态美，让这幅图画的背景显得广漠而壮阔。"一片孤城万仞山"，是这幅画突出的主体部分，黄河白云、远川高山、映衬着边塞的孤城。险要的地势、漠北的孤城，为这幅图画营造出雄阔苍凉的气息，传递出深深的凉意。"孤城"的意象自然让人联想到戍边战士。诗人在第三句将笔锋转向了征人，"羌笛何须怨杨柳，春风不度玉门关"，充满了深深的怨情。羌笛也吹奏起了《折杨柳》，勾起了征人无尽的离愁。想到当初送别时，折杨柳相送，依依不舍，而如今在这片荒寒的边地，独自一人，玉门关外，春风吹不到，杨柳不青，就是想折一枝杨柳来寄托自己的乡思也难。写的虽是怨杨柳，实际上是征人对于边地荒凉苦寒的怨愤，诗人巧妙地选取杨柳这一意象，含蓄地表达了征人不能还乡的强烈怨情。然而"何须怨"又流露出征人虽然乡愁难解，却依然坚持戍边的责任感。

总之，王之涣这首《凉州词》虽是描绘凉州荒寒、征人凄苦的诗篇，但是诗中的画面写得十分阔大，情调悲伤但意境壮阔，百读不厌，因此传颂甚广。

■ 趣闻轶事

旗亭画壁的故事

唐开元年间，著名诗人王昌龄、高适、王之涣齐名。三人官运并不顺畅，正闲居长安。

传说一天，天飘着小雪，三位诗人相约一起到酒楼喝酒，正好有梨园伶官数十人到酒楼举行宴会。那时，人们喜欢为一些诗词配上乐曲来演唱，写得好的诗歌自然最受青睐。王昌龄他们于是私下约定："我们在诗坛上都比较有名，但是从未分出高下，这回我们就以这些姑娘唱的歌词来定个高下，谁的诗唱得多谁就赢。"

一位姑娘首先唱道："寒雨连江夜入吴，平明送客楚山孤。洛阳亲友如相问，一片冰心在玉壶。"王昌龄于是用手在墙壁上画了一道，说："是我的一首。"随后一位姑娘唱道："开箧泪沾臆，见君前日书。夜台今寂寞，犹是子云居。"高适伸手画壁："我的一首绝句。"不一会儿，另一位姑娘唱道："奉帚平明金殿开，且将团扇共徘徊。玉颜不及寒鸦色，犹带昭阳日影来。"王昌龄得意地又在墙上画了一道，说道："这是我第二首绝句。"王之涣自以为得名很久，可是姑娘们竟然没有唱他的诗作，于是急了起来，说："这些唱歌的姑娘都是不出名的，所以唱的诗也都不是什么高明的诗，真正的好诗哪是她们唱得了的呢。"于是指着当中最美的一位姑娘说："要是这位姑娘唱的不是我的诗，我就再也不和你们比诗了。如果唱的是我的诗，那你们就都拜我为师好了！"三位诗人笑着等着那位姑娘唱。不一会儿，那位最美的姑娘开口唱道："黄河远上白云间，一片孤城万仞山。羌笛何须怨杨柳，春风不度玉门关。"王之涣得意至极，揶揄王昌龄和高适说："怎么样？乡巴佬，我说的没错吧。"三位诗人都开怀大笑。

凉州词

[唐] 王翰

葡萄美酒夜光杯①，
欲饮琵琶②马上催。
醉卧沙场③君莫笑，
古来征战④几人回？

注释

① 夜光杯：用白玉制成的酒杯，光可照明。它和葡萄酒都是西北地区的特产。这里指精美的酒杯。
② 琵琶：这里指作战时用来发出号角的声音时用的乐器。
③ 沙场：平坦空旷的沙地，古时多指战场。
④ 征战：打仗。

导读赏析

以豪迈写悲凉

这首诗并没有直接描写战场上紧张惨烈的场景，而是从侧面着手，通过写战斗前饮酒的情节来表达战争的残酷和将士内心悲痛的厌战情绪。

"葡萄美酒夜光杯，欲饮琵琶马上催"，开篇两句通过描写极具西域色彩的葡萄酒、夜光杯、琵琶，不仅交代了战争发生在西北边陲的事实，而且为下文描写沙场的惨烈做了反差式铺垫。珍贵的夜光杯里荡漾着西域美酒，显示出了宴会享乐时艳丽、愉悦的氛围，引发读者对奢华的宴饮场景的想象。然而就在此时，帐外忽然奏起出发的琵琶曲，催促将士上阵杀敌。场景气氛大变，由热闹欢快转为紧迫肃杀。按常理，下文将描摹战场厮杀，但是诗人却宕开一笔，视角从外部景物切换到将士内心世界："醉卧沙场君莫笑，古来征战几人回。""醉卧沙场"用夸张手法描写将士豪饮的气魄，其实在血雨腥风的战场上，即便有几分"醉意"也会消解得一干二净，"醉卧沙场"只是诗人的艺术想象。但是，这种想象却来自一个深刻的认识——"古来征战几人回"。刀剑无情，战场险恶，万千将士中最终生还者能有几人？不论战争的目的和性质如何，战争的结果，不论输赢，注定是以黎民百姓的累累

白骨为代价。最后两句用看起来豪放的语气透露出军人心灵深处的忧伤。强烈而深刻的对比,隽永的反问式结尾,大大深化了本诗的意旨。

趣闻轶事

豪爽才子王翰

王翰少年时就聪颖过人,才智超群,而且性格豪爽。

王翰豪放的性格,让他交了很多朋友,他们经常在一起饮酒作诗,十分逍遥,王翰的名声也传得很快。中进士之后,王翰依旧经常和朋友诗酒往来。当时,并州(今山西太原)有一个长史名叫张嘉贞,他非常欣赏王翰豪放华丽的诗才,因此对他十分客气,总是以礼相待,并经常请他去做客。王翰经常觉得不好意思,为了表示感谢,就为张长史写了一些诗词和乐曲,并亲自在酒席上唱歌跳舞。他每次跳舞都是神情豪迈,气宇轩昂,酒席上的人都会被他所折服。就这样,王翰既报答了长史的礼遇,也让众人见识到了自己卓越的才华。

当时有个有名的学士,名叫杜华。杜华的母亲有一次对儿子说道:"我听说,古时候有孟母三迁。现在我也想选个好地方搬去住,要是能让你和王翰成为邻居,那我就心满意足了!"大诗人杜甫也十分赞赏王翰的才华,还用这个小故事写诗说道:"李邕求识面,王翰愿卜邻。"

可惜的是,这位大才子王翰却没有多少诗文流传下来,现在能见到的只有十多首诗。

出塞

[唐] 王昌龄

秦时明月汉时关，
万里长征人未还。
但使①龙城②飞将③在，
不教胡马度阴山④。

注释
① 但使：只要。
② 龙城：今甘肃天水。
③ 飞将：指汉朝名将李广，匈奴畏惧他的神勇，特称他为"飞将军"。
④ 阴山：山名，在今内蒙古中部，是我国北方的屏障。

导读赏析

气势昂扬的出塞曲

世世代代，人类有一个共同的主题，那就是和平。唐代诗人王昌龄以满腔的热情谱写了一曲激昂的渴望和平之歌。他用极其广阔的视野，历经时空的胸怀，申诉了战争的残酷，蕴含着对和平的深沉渴望。

前两句诗人饱含感慨，思维从唐代跳跃到秦汉，诗人感慨道：由秦到汉，由汉到唐，时间已经过了千年，空间也跨越了万里，但是没有一刻不在打仗，年年都有人战死沙场再也不能回来。世世代代的战争，无数男儿战死沙场，无数家庭支离破碎，无数百姓颠沛流离，真是让人伤心啊！秦代的明月和汉代的边关，都对应着万里边疆的战争和一去不回的儿郎，诗人用这种互文的表现手法，从时间和空间的角度，向我们展示出诗人胸中对战争带来的悲剧的批判，也包含着诗人对黎民百姓的关怀和悲悯。年年都有战争，诗人寻思，怎样才能安定天下呢？后两句诗人以饱满的激情描绘出解决战争问题的办法，洋溢着满腔的激情，也说出了千百年来人民的共同愿望。"但使龙城飞将在，不教胡马度阴山"，只要龙城有飞将军，匈奴的铁蹄就越不过那道屏障，这样就能平息战乱，安定边防，永保平安。飞将军可以说是安定边疆、保家卫国的象征，诗人借飞将军的名义，抒发自己及戍边战士对于能将的渴望，抒发了巩固边防、保家卫国的壮志以及对于和平安定的渴望。

王昌龄的这首《出塞》诗，气势昂扬，是唐代边塞诗的代表作之一。诗人以开阔的视野、雄浑的气度、豪迈的胸襟、慷慨的精神，打动着一代又一代人。

趣闻轶事

飞将军的故事

汉代李广将军骁勇善战，勇猛无比，为汉代立下了许多汗马功劳。

有一次，李广率领军队，出雁门攻打匈奴。当时匈奴兵数十万，李广因为寡不敌众，因此战败被抓。当时匈奴的首领听说李广十分勇武，很想把李广收为己用，于是命令部下，如果抓到李广，一定要活着送回来。

匈奴骑兵抓到李广后，不敢自行处置，又怕他逃跑。当时李广受伤很重，骑兵只好把他放在用绳子结好的大网里，然后用两匹马拉着，李广就被悬挂在两匹马的中间。走了十多里，李广一直躺在网里，一动不动，假装已经死了，好让匈奴的骑兵放松警惕，但是心里却在暗暗盘算逃跑的办法。这时，他瞥见旁边有一个骑兵骑着一匹好马，觉得机会来了，于是暗用力气，从网口一跃而起，正好就跳在看好的那匹马上，在那个骑兵还没有反应过来的时候，李广就已经夺取了他的弓箭，并将他推下了马。得到好马的李广，快马加鞭，不停地朝南跑。匈奴骑兵看到好不容易抓到的李广逃跑了，数百名骑兵拼命追赶，李广一边催马快跑，一边取箭搭弓，一箭一个，将追赶在最前面的骑兵都射下了马。匈奴骑兵怎么也追不上李广，只能眼睁睁看着他跑掉了。

虽然李广没有抓到手，但是匈奴骑兵看到李广骑马射箭的本领，个个佩服得五体投地，纷纷称他为"飞将军"。

逢入京使

[唐] 岑参

故园①东望路漫漫，
双袖龙钟②泪不干。
马上相逢无纸笔，
凭③君传语④报平安。

注释
① 故园：旧家园，指长安，作者在长安有别墅。
② 龙钟：眼泪淋漓的样子，这里是沾湿的意思。
③ 凭：依靠，委托。
④ 传语：传话，报口信。

导读赏析　　一语道破万人心

游子在外，总是牵挂家里，总想和家里保持千丝万缕的联系，情绪敏感的诗人更是如此。

写这首诗的时候，岑参正年轻。这一年，他第一次远赴西域，在长安告别了妻子，跃马登上漫漫征途。不知在通往西域的茫茫大路上走了多久，岑参迎面碰见一个老相识，他们互叙温寒，知道对方要返回京城，于是立刻想到让他捎一封信给家里。这首诗写的正是这样一个场景。

第一句写了眼前的实景，"故园东望路漫漫"，叙述自己走了这么久，向东望去，已经望不到长安城所在，只见漫漫长路，不觉有些伤感。一句"双袖龙钟泪不干"，则是夸张地写出了诗人想念家乡的情景，想起家乡，泪流满面，不觉将擦拭泪水的衣袖都沾湿了，但是感伤的眼泪依旧流个不停。在夸张的描写下，我们不难看出诗人对家乡无比的眷念之情。诗人如此深情，遇到老乡自然要托寄自己的思念之情，于是想写信捎带回去，然而，出征路上，准备不足，相遇也是匆匆即过，无法书写家书。"马上相逢无纸笔，凭君传语报平安。"行路匆匆，找不到纸笔，只能请入京使者带个口信，说他"一切都好，不要牵挂"。诗人神色匆匆，但是情义却十分真切，仿佛千言万语都凝聚在"平安"两字中。捎口信报平安的细节十分传神，既是诗人自己对家乡的眷念之情的刻画，也是这一个时代的游子对家乡牵挂之情的表达。

很多时候，表达并不需要太多语言的装饰，简单的细节就能打动我们的心，因为微小的细节凝聚着深厚的感情。岑参的这首《逢入京使》，正是用最简单的细节和最率真的语言，道出了千千万万人的心声。

趣闻轶事

赤亭教子

有一次,岑参办完军务要赶回西域,途中经过赤亭。当地戍边的将士请岑参在赤亭壁上题诗,岑参没有拒绝,于是提笔在壁上写了一首诗。写完之后,有个稚嫩的声音将它念了出来,岑参回头一看,发现是个小孩。西域边疆,居然还有能念汉语的小孩,岑参大为惊讶,忍不住询问起来。一位守边将士说:"这个小孩是离这里不远的放羊娃,他会说汉语,是我们允许他在这边放羊的。有一次大风雪,我们迷了路,就是他救了我们十三个士兵。"岑参对这个小孩感到很好奇,于是问他:"是谁教你说汉语的?""是我爹爹。"说着,从怀里掏出一本书,岑参不认识回鹘语,小孩告诉他:"这是《论语》,是我爷爷写的,爷爷说,这里面有好多好多的道理,让我慢慢看。"岑参感到十分欣慰,于是提笔给他写了几个字:"论语博大,回鹘远志。"

小孩回到家以后,把题了字的书给他父亲看,他父亲听说大诗人岑参来到了这边,十分激动,于是带着小孩去拜访岑参。父亲告诉岑参:"我们本来在漠北草原,本来也是世代读书,因为宫廷内乱才逃到这边避祸的,教他汉语是要他记住自己的根。现在我身体不行了,希望您能收他为徒,教导他成为有用的人。"岑参若有所思,边疆很缺翻译,要是有人能翻译两族的语言,肯定会对边防很有帮助。但是,他毕竟不会长期留在这里,"我现在愿意收他为义子,但要把他带走,您愿意吗?"父亲虽然很想让小孩留下来做伴,但是为了小孩的将来,还是毫不犹豫地答应了。

岑参带走小孩之后,将小孩改名为岑鹘。他发现岑鹘天资聪颖,并且异常好学,因此十分喜欢。在他的细心教导下,岑鹘精通两族语言,并且能写一手好诗。后来,岑鹘作为翻译家,在汉族与边疆的事业中做出了巨大的贡献。

子夜吴歌·秋歌

[唐] 李白

长安一片月，万户捣衣①声。
秋风吹不尽，总是玉关②情。
何日平胡虏③，良人④罢远征。

注释

① 捣衣：古代服饰民俗，妇女把折好的布帛，铺在平滑的砧板上，用大木棒敲平，使布帛柔软、服帖，以便裁制衣服。
② 玉关：即玉门关。
③ 胡虏：指侵扰边境的北方部落。虏：对敌方的蔑称。
④ 良人：丈夫。

导读赏析

吹不尽的牵挂

李白用简单的诗句概括出了长安城中全体妇女的面貌，将景色描写和思妇的思念之情融合在一起，形成这首具有艺术感染力的诗歌。

"长安一片月，万户捣衣声"是对长安城的全景描绘，诗人通过视觉和听觉的感受，描绘出长安城中皎洁月光下万家妇女制作冬衣的图景，也透露出思妇对远征丈夫的深深思念之情。我们仿佛看到，偌大的长安城，笼罩在一片皎洁的月光中，月光之下，妇人正趁着朗月为自己远在边疆的丈夫缝制过冬的棉衣。准备棉衣虽然是平常的举动，但却包含着妇人对丈夫深深的牵挂和思念，因为怕远在边疆的丈夫受冻，便早早地赶着缝制，希望入冬时丈夫便能穿上自己亲手缝制的棉衣，这样，远在他乡的丈夫就不会受冻了。诗人这两句不仅描绘长安城中一个普通的现象，也将普遍而深切的感情都融入了进去。"秋风吹不尽，总是玉关情"则是诗人的揭示和感慨。猎猎秋风，吹不掉妇人对玉门关外守边丈夫的思念之情。诗人直白地揭示了妇人对丈夫的思念，"总是"更是显示出妇人对丈夫绵绵不绝的思念之情。"何日平胡虏，良人罢远征"，写出了妇人心中共同的愿望：什么时候可以平定侵犯边境的敌人，这样，丈夫就可以结束漫漫的征途了。妇人共同的心愿是结束战争，丈夫不再受苦，回家团圆。这种朴素的愿望用朴实的语言直接表达出来，具有强烈的感染力。诗人也通过妇人共同的心愿，传达出自己对战争状态下百姓的同情，对长年战争的批评，以及对天下太平的渴望。

▫ **趣闻轶事**

力士脱靴

贺知章向皇帝唐玄宗推荐李白,唐玄宗也早就听说过李白的大名,于是在金銮殿召见李白。当李白远远向金銮殿走来的时候,玄宗竟然亲自上前迎接。大殿之上,皇帝和李白谈论时事,李白口若悬河,很有见解,并顺手写下了一篇赞扬皇帝的颂词。皇帝看了十分高兴,于是亲手调制了一碗羹给李白吃,并任命他为翰林待诏。

有一次,皇帝要草拟一个诏书,于是派人去传李白。李白正喝得大醉,还是被人强行架进皇宫。半醉半醒之间,李白对着皇帝说道:"微臣斗胆,有一个小小的请求,皇上您点头,微臣才能尽情发挥。"皇帝听了大笑,说道:"好吧,有什么要求,你尽管提。"李白于是开口命令道:"我刚喝了酒,觉得很热,高力士,你过来帮我把靴子脱下来吧。"高力士心里特别不愿意,但是看皇帝高兴,又不得不过去服侍李白。李白见他果然乖乖地给自己脱鞋,心里十分畅快,就挥笔写下了一封精彩的诏书,皇帝看后,连声赞叹。

高力士哪里忍得下这口气,心里一直在默默地盘算着怎样收拾李白。过了两天,高力士在杨贵妃面前说道:"那个李白,真是不把娘娘您放在眼里。"杨贵妃奇怪地问:"你为什么这么说呢?""您看他写的《清平调》,竟然说'借问汉宫谁得似,可怜飞燕倚新妆',这岂不是把您比作祸乱汉宫的赵飞燕了吗?"杨贵妃一想,觉得李白果然在暗暗嘲讽自己,从此对他怀恨在心。每当皇帝想重用李白的时候,她就在一旁阻止。

李白见自己这么有才华,却长期没有得到重用,便猜到有人从中作梗,于是干脆向皇帝请辞。皇帝无奈,只好赐给李白黄金,让他自由自在地游山玩水去。

使至塞上①

[唐] 王维

单车②欲问边，属国③过居延④。
征蓬⑤出汉塞，归雁⑥入胡天。
大漠孤烟直，长河落日圆。
萧关⑦逢候骑⑧，都护⑨在燕然⑩。

注释

①使至塞上：奉命出使边塞。
②单车：一辆车，比喻车辆少，轻车简从。
③属国：一指唐代的附属国，一指出使边陲的使臣，这里指诗人的使臣身份。
④居延：地名，汉代称"居延泽"，唐代称"居延海"，在今内蒙古额济纳旗北境。
⑤征蓬：随风飘飞的蓬草，诗人用来比喻自己。
⑥归雁：北归的大雁。
⑦萧关：古代关名，故址在今宁夏固原东南部。
⑧候骑（jì）：负责侦察的骑兵。
⑨都护：官名，当时边疆重镇都护府的长官。
⑩燕然：山名，今蒙古国杭爱山，这里代指前线。

导读赏析　　壮阔雄奇的大漠风光

你心目中的边疆大漠是什么样子呢？对古人来说，偏远的边塞往往意味着漫漫黄沙，它在人们心目中的形象总是荒凉的，但有时，它也会用自己独特的风光来回赠亲近它的人，诗人王维就受到了这样的礼遇。在行走边疆的过程中，他见识了奇特壮丽的塞北风光，让我们一起感受吧。

诗人在首联用简单的话语点明了自己的行程，"单车欲问边，属国过居延"，是说诗人出使边塞，轻车简从，人马很少，自己作为边塞使臣一路向西，路过居延。诗人用十个字简单明了地叙述了自己长达万里的漫漫行程。颔联"征蓬出汉塞，归雁入胡天"，借景自喻，"征蓬"和"归雁"恰是此时边塞的景象，常用来比喻漂泊的游子，诗人用"征蓬"和"归雁"自比，说自己像随风飘飞的蓬草一样走出中原地区，像"归雁"一样进入"胡天"，既说明自己的行程，又暗示了内心的苍凉，贴切自然。颈联"大漠孤烟直，长河落日圆"，刻画了边陲大漠的壮丽景象。置身沙漠，展现在诗人面前的是这样一幅景象：黄沙漫漫，无边无际，极目远眺，只见天的尽头有一缕孤烟直直地向上升腾。傍晚时分，天空中万里无云，远处沙漠中流过的黄河蜿蜒曲折，一轮红红的落日低垂在河面上，河水中闪着粼粼的波光，这是多么美妙的景象啊！这两句诗人用巧妙的手法将自己的感受融化在广阔的自然景象的描绘中，"大漠"、"孤烟"、"长河"、"落日"的意象组合，描绘出沙漠辽阔壮丽的雄奇景象，一"直"一"圆"，写出了狼烟在孤寂中透出挺拔雄伟、落日在苍茫壮阔中显出柔和温暖的特点，展现出了诗人对边疆的独特感受，让人叹为观止。尾联则写到达边塞之所,"萧关逢候骑,都护在燕然",是说自己到达萧关时碰到侦察的骑兵,一问得知,主帅在前线打了胜仗,现在还未归来。"燕然"的典故表达出了诗人建功立业的渴望。

趣闻轶事

勒石燕然的典故

东汉年间,匈奴分裂为南北两个部落,南匈奴亲汉,北匈奴却始终与汉为敌。

公元89年,汉章帝国舅窦宪因为派遣刺客刺杀太后身边得宠太监的事情败露而得罪了太后,他心里明白此罪非同小可,于是主动请求去攻打北匈奴来抵自己的罪过。当时,正好碰上南匈奴的首领请求汉代派兵讨伐北匈奴,于是窦宪就被封为车骑大将军,和副将耿秉一起,连同南匈奴等一共三万人,出兵讨伐北匈奴。

第二年,窦宪和耿秉一起,各率领骑兵四千,与南匈奴的军队及度辽将军的军队在涿邪山会师,组合后的军队由窦宪率领。浩浩荡荡的军队向着北匈奴的地盘出发,行进到稽落山(今内蒙古杭爱山)境内,与北匈奴发生了激烈的战斗。窦宪率领的士兵个个奋勇杀敌,打了大胜仗。战败的敌军四处溃散,各处逃亡,北匈奴的首领也连夜逃走,不知所踪。这一仗,窦宪部队俘获了北匈奴一百多万头牛羊马匹,投降的战士前前后后算起来,达到二十多万人,北匈奴的势力也被一举歼灭,可以说是大获全胜。

战斗胜利后,窦宪和耿秉登上燕然山,命人凿石刻碑,将这次出征的功绩都记载在碑上。这就是"勒石燕然"的由来,后来,"勒石燕然"就成了保卫边疆、建功立业的代称。

夜上受降城①闻笛

[唐] 李益

回乐烽②前沙似雪，
受降城外月如霜。
不知何处吹芦管③，
一夜征人④尽望乡。

注释
① 受降城：即灵州，在今宁夏回族自治区境内。唐太宗曾亲自在此接受突厥的投降，之后便称作"受降城"。
② 回乐烽：回乐县的烽火台，在今宁夏回族自治区境内。
③ 芦管：芦笛，笛子。
④ 征人：征兵中的将士。

导读赏析

思乡的笛声

在古往今来的军旅诗作中，诗人们总是喜欢写到"笛子"这件乐器，你知道是为什么吗？读一读这首诗，答案就会揭晓了。

这首诗的题目是"夜上受降城闻笛"，所以作者在全诗中突出描写了两个事：一个是受降城的夜景，另一个就是征人的笛声。在描写受降城的夜景时，诗人用了非常工整的对仗格式。他用"回乐烽"这个标志性的建筑代指受降城，与后一句的"受降城"交相呼应，点名了其所在的地理位置。而在景色的捕捉上，诗人抓住了塞外的沙漠和寒夜的月色这两种特殊的景致予以呈现。塞外大漠无边，沙地绵延不绝。天空中的月亮像是挂着冰霜一样，皎洁而带有寒意。它把地上的沙土也照成了苍凉的白色，让它们看起来如同白雪一样。这样的描写让受降城的月夜给人带来一种清冷萧瑟的视觉感受。

然后，诗人将笔锋一转，又给读者带来了听觉上的刺激。"不知何处吹芦管，一夜征人尽望乡"这一句写得是多么的空灵悠远，耐人寻味啊！戍守边关的将士们孤独辛苦，他们最思念的就是家乡的温暖。而此时悠扬的笛声从远处飘来，婉转哀怨，轻轻地便勾起了将士们的乡愁，唤起了他们心中的惆怅。他们对着笛声飘来的方向望眼欲穿，仿佛那个尽头就是自己的家乡。诗人如此巧妙地将笛声贯穿在夜景当中，烘托出了一种强烈的离愁别绪。也让读者仿佛身临其境，与将士们产生共鸣。

趣闻轶事
唐太宗战胜突厥

唐太宗李世民刚刚登基不久，北方的突厥一族就按捺不住，开始骚扰唐代的边境。他们聚集了十万人马，驻扎在渭水河附近等待时机。他们的首领颉利可汗为了打探一下唐朝现在的国力如何，就派出自己的心腹来到唐朝面见唐太宗李世民。

这个使臣见到唐太宗以后，就开始对突厥的兵力夸夸其谈。他夸张地说道："陛下您大概不知道吧，这次颉利可汗和突利可汗联手带兵，可是聚集了上百万的精兵良将呢！个个都勇猛无比。"唐太宗听了，知道他是在吹牛。所以他不但没有被吓住，还大声地呵斥道："你还好意思说出这样的话！我和你们可汗签订合约说好互不侵犯，而且还和了亲，给你们送去了金银布匹。现在你们可汗擅自背叛当初的盟约，带着军队入侵，居然还敢如此猖狂。怎么能把以前的恩情忘得一干二净，还在我面前自夸强盛呢？我今天先斩了你这个使臣！"说着就命令左右拿下他。这名使臣吓得立刻跪在地上，请求太宗饶命。其他的臣子也请唐太宗饶恕这个使臣，让他回去。太宗却坚定地说："我今天让他回去了，突厥那些人肯定以为我怕了他们，更要放肆侵略我的国家！"于是就把使臣关进了牢房。

唐太宗勇猛非常，亲自带着本朝的开国功臣高士廉和房玄龄来到渭水河边，与突厥隔水而立。太宗指着对面的颉利可汗，愤怒地指责他说："当初我们定下盟约和平相处，今天你背信弃义，还来攻打我的国家，我是绝对不会罢休的！"颉利可汗看到唐太宗这样威严的样子，十分害怕，赶紧带着突厥的士兵一起下马，对太宗进行朝拜。过了一会儿，唐朝的军队就全部集齐来到了这里。颉利可汗看着对面无边无际的兵马阵容和唐太宗亲自上阵、带兵领将的威武气魄，知道这下大事不妙了。唐太宗一个人单独上前，理直气壮地对颉利可汗说："如果你想讲和，现在还来得及。"颉利可汗连忙跪拜，表示愿意撤军，和唐朝讲和，订立新的盟约。

于是，唐太宗就在灵州接受了突厥的投降，人们便将这里称作"受降城"。击退突厥的唐朝变得更加强大，而唐太宗英明勇武的形象也深深印在了人们的心中。

雁门太守行①

[唐]李贺

黑云压城城欲摧②,
甲光向日金鳞开③。
角④声满天秋色里,
塞上燕脂凝夜紫⑤。
半卷红旗临易水⑥,
霜重鼓寒声不起。
报⑦君黄金台⑧上意,
提携⑨玉龙⑩为君死!

注释

① 雁门太守行:古乐府曲调名。
② 摧:摧毁,毁坏。
③ 甲光向日金鳞开:甲,指铠甲,战衣。向日,迎着太阳。金鳞,闪闪发光的鱼鳞。开,铺开,排开。这句诗的意思是迎着太阳的战士的铠甲像金色的鱼鳞一样闪闪发光,依次铺开。
④ 角:号角,一种军乐器,声音嘹亮悠扬。
⑤ 塞上燕脂凝夜紫:燕脂,即胭脂,古代用来敷面的化妆品。这句诗的意思是塞上沾着战士们血迹的泥土像胭脂一样,在夜色的笼罩下呈现出一片紫红色。
⑥ 临:面向。易水,河流名,在河北易县境内。战国时有"风萧萧兮易水寒,壮士一去兮不复还"的诗句。
⑦ 报:报答。
⑧ 黄金台:战国时期燕国国王任用和封赏贤才的地方。
⑨ 携:提。
⑩ 玉龙:宝剑的名字。

导读赏析

战争的色彩

李贺写诗时善于观察景物的颜色,并能用精当的语言描绘出来。他的诗作常常给人新奇诡谲的感受,所以后人封他为"诗鬼"。你看在这首诗中,同样是描写军旅景象,李贺的情思就与别人大不相同!

这首诗先是写景,然后言志。诗人像一位技术高超的画家,先给整幅画卷都泼洒上了乌黑的颜料,让读者感觉到一阵压抑与沉重。他用一个"压"字使乌云有了厚重的感觉,仿佛真要摧毁坚硬的城墙。随后他又描画起了将士们身上的铠甲,描绘了它们在太阳照耀下金光闪闪的样子。第三句诗人的情思又随号角声远远飘去,飞上布满秋色的天空中。而紧接着,诗人的视线又落入边塞的土地里,洒落着战士血汗,变得如胭脂一样的泥土在夜幕下变成了紫红色。这首诗上半部分的四句是写景,色彩浓重,意境深远,具有强大的艺术表现力。并且从其选景和修辞当中,也能看出诗人的大气魄!

后面诗人又借"易水"和"黄金台"的典故写出了将士们的英勇无畏和爱国雄心。烈焰红旗在寒风中时卷时舒，将士们骑马跑向易水。天寒地冻，露深霜重，鼓声低沉。到底是什么能够让将士们在这种恶劣的环境中不顾危险奔赴前线呢？正是他们那颗想要报答祖国、愿为君主效力的赤诚之心。有了这样一颗耿耿的忠心，他们便可以手舞宝剑，在战场上英姿勃发！

这首诗与传统的律诗不同，没有使用严格的对仗格式。但是诗人用黑云、金甲、秋色、紫土、红旗、白霜这一系列景物描写丰富了他笔下的军旅场面的色彩，使整个场景变得更加生动夺目起来！李贺通过自己的独特情思与过人才华，让诗歌展现出强大的艺术魅力。

◨ 趣闻轶事
李贺的锦囊

"诗鬼"李贺是个少年天才，传说他七岁的时候就能作诗写文。

据说，李贺每天出门的时候都会骑着一匹小马，再带上一个小书童。他边走边看，观察生活中新鲜好玩的事情。他会把路上迸发的灵感的火花都记下来，然后丢进书童背上背的锦囊里面。等到了晚上回到家中，他就急着把锦囊里的小纸片找出来，再一一地吟诵推敲，然后补成一首完整的诗。

本来就身形消瘦的李贺，因为太过辛苦地钻研诗书而显得更加单薄。看到儿子对作诗简直到了如痴如狂的地步，李贺的母亲感到十分担心，她忧心忡忡地感叹道："他在写诗这件事上这样费心，恐怕只有到了把心都吐出来的那一天，他才会停止吧！"然而正是由于李贺从少年时代起就这样专心在这一件事上，才会使他的创作妙笔生花，出神入化啊！

泊船瓜洲①

[宋] 王安石

京口②瓜洲一水③间，
钟山④只隔数重山。
春风又绿⑤江南岸，
明月何时照我还⑥？

注释

① 瓜洲：地名，在今江苏扬州，位于长江南岸。
② 京口：地名，在今江苏镇江，位于长江南岸，与瓜洲相对。
③ 一水：指长江。
④ 钟山：即今南京紫金山。
⑤ 绿：这里是动词，吹绿，使变绿的意思。
⑥ 还（huán）：返回。

导读赏析

诗人的乡愁

你读过台湾诗人余光中的《乡愁》吗？长期漂泊在外，20余年没有回过大陆的余光中思乡心切，在台北的寓所里写下了这首诗，其中有这样几句："而现在，／乡愁是一湾浅浅的海峡，／我在这头，／大陆在那头。"这种与故土一水相隔却又不得相见的哀思，可以说与王安石的《泊船瓜洲》有异曲同工之妙。

王安石长期居住在江宁，也就是南京，对这里有深厚的感情。虽然此处并非他的家乡，但他早已在心中将其视为自己的第二故乡。钟山是南京城里的山，此处诗人用钟山代指南京。题目"泊船瓜洲"点明了诗人的立足点。诗人站在瓜洲渡口，放眼一望，"京口瓜洲一水间"，两地被一条江水隔开。"钟山只隔数重山"的意思是"虽然我已离开，但是在我看来钟山与我也不过只是隔着几重山峦而已"。其实并不是诗人看轻了这之间的距离，而是他的心紧紧连着故土，所以才不觉得遥远。

江水推舟而行，迎着徐徐的春风。一年的春天又来到了，空气温暖。春风所到之处，岸上的春草也变绿了，就仿佛是春风染成的。"绿"本来是个表示颜色的名词，此处变成动词，有"吹绿"的意思，给春风赋予了生机。最后一句"明月何时照我还"应是入夜之后，诗人望着故乡的明月产生了遐想，再次表达自己对钟山的深深眷恋。

趣闻轶事

王安石变法

王安石在北宋不仅是位诗人，更是一名杰出的政治家，他在宋神宗即位后担任宰相，帮助朝廷处理各种国家大事。北宋建国之后，更改了许多唐代遗留的旧制度，颁布了新的政策。这些新的举措一方面避免了在唐代出现过的问题，但另一方面又带来了许多新的隐患。比如，北宋吸取了唐代"安史之乱"的教训，不断分割大臣的权力，扩充军队的人数。这样一来，北宋的皇权虽然得到了维护，却使得国家各部门的体系臃肿，开支庞大，并出现人员冗余的现象。而且，朝廷内部重文轻武，大量吸收文官的同时削减武将的力量。长此以往，国家财政将会入不敷出，军队的战斗力也会下降，北宋就会变成一个积贫积弱的王朝。

一日，宋神宗询问宰相王安石："我朝要想富国强兵，该怎么办呢？"王安石回答说："要变风俗，立法度。"宋神宗再三考虑，最终决定听从王安石的建议，由他来主导一次变法运动。

王安石变法先从经济问题开始着手，他颁布了一系列的法律措施重新制定国家的税法规范，在农业和商业等方面进行调整，减轻百姓的负担。

王安石又进行了军事改革和教育改革。他将农民按户聚集起来，让他们平时料理农事，在闲暇的时候练兵。这样既可以减少一些军费开支，又可以不耽误粮食的生产。在教育上，他则改革了科举制度，加试考察考生对时事的看法。

经过了一系列的改革，在一定程度上促进了社会的发展，但王安石变法遭到了许多人的强烈反对，最终在宋神宗去世之后戛然而止。王安石变法一共推行了七年的时间。

池州翠微亭①

[宋] 岳飞

经年②尘土满征衣③，
特特④寻芳⑤上翠微。
好水好山看不足⑥，
马蹄催趁月明归。

注释

① 池州翠微亭：池州，在今安徽贵池。它南部的齐山顶上有翠微亭。
② 经年：常年。
③ 征衣：从军时穿的衣服。
④ 特特：特意，特地。
⑤ 寻芳：寻找美丽的花。
⑥ 不足：不够。

导读赏析

走马观花

众所周知，岳飞是南宋的爱国名将。他英勇豪迈，一生中的大部分时间都是在行军途中度过的。但这位将军却也有游春赏花的生活情趣。

诗的首句先是叙述了诗人自己的生活背景。作为军人，岳飞常年奔波参战，体味着风吹日晒的艰辛。看看他的军服，上面都沾满了一路而来的尘土，难以抹去。他从军的目的是为了保家卫国，他对祖国的江山有着说不尽的依恋。此时诗人难得有一小会儿空闲的时间，于是他马上骑马跑去翠微亭观花赏景。"特特"是特意的意思，诗人在闲暇之余还有心跑出来"寻芳"，表现了他对祖国大好河山的热爱之情。

当他站在高处的翠微亭上眺望远方，诗人深深地被祖国的美丽所震撼了，怎么也欣赏不够。可惜不知不觉间，太阳已经落山，他必须回营去了。诗人临走前写下了这首诗，并且不无遗憾地说道："好山好水看不足，马蹄催趁月明归。"时间如此短暂，他已经因为观景耽搁多时，必须加速往回赶。"嗒嗒"的马蹄声仿佛在催促他，叫他赶紧借着月光跑回去呢！

这首诗非常短小，语言也像说话一样非常简单。其实这就是岳飞的一次观花游记，然而从他这位将军的口中道出，更多了一丝柔情的余味。

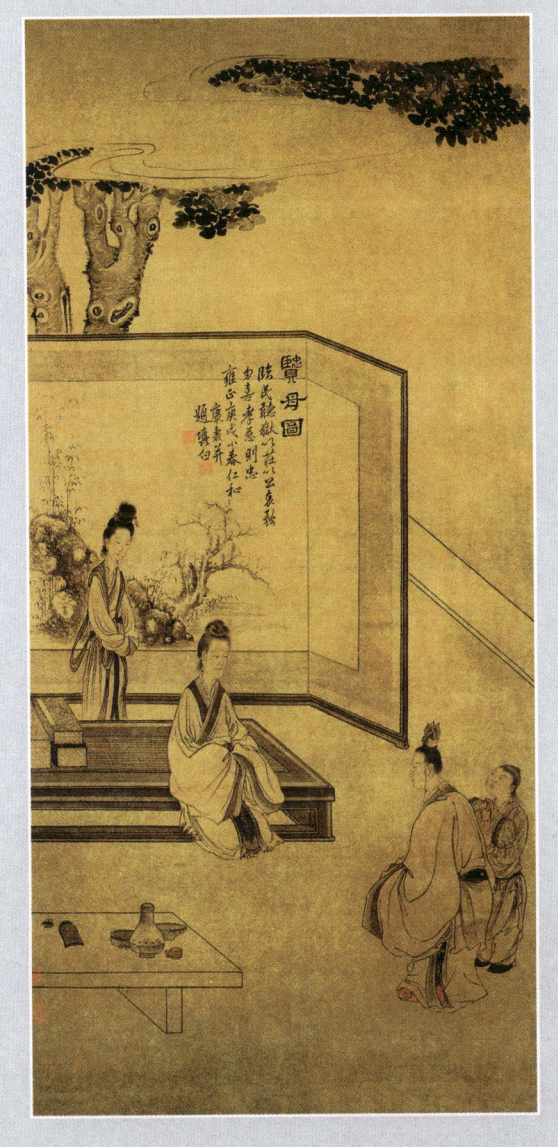

趣闻轶事
精忠报国的岳飞

岳飞是我国赫赫有名的忠臣良将。他的母亲则是一位胸怀博大、对儿女教导有方的妇女。相传，她曾经在儿子的背上刺下"精忠报国"四个字，督促他要时时记住忠于祖国，为祖国效力。岳飞牢牢记住了母亲对他的教导，在他的一生中，曾经打过许多漂亮的胜仗，大家都亲切地称呼岳飞的军队为"岳家军"。

一次，北方的金国又举兵侵犯南宋的国土，并且来势凶猛，看样子想要吞并整个国家。形势如此急迫，皇帝本应该马上派宋朝最勇猛的将军外出征战。可是当时宋朝内部有许多奸诈小人，他们为了一己私利而常常对国家大事不管不顾。岳飞左等右等，向上进言也无人采纳。直到传来了金兵渡江的消息，他才得到了征战的通知。结果建康城（今南京）落入敌人的手中。

这次失败让岳飞的心中久久不能平静，他对将士们说道："我们都应该为了国家而战斗，不能苟且偷生。即使战死了，也死而不朽。可是现在建康这样重要的地方都被胡人抢走了，我们的国家还怎么立足？"战士们纷纷被他的话所撼动。于是，岳飞带领着士兵趁天黑袭击金国的军队，先阻止了他们想要继续南下的步伐。又率军转战广德境中，与敌军交手六次，每次都得胜而归。经过大规模战斗的岳家军已经粮食耗尽，饥饿难忍。然而岳飞却告诉他们不要因此就去惊扰周边的百姓向他们索求帮助，百姓听说后都十分感动。

岳飞带着军队抗击金兵，一路告捷，将金兵节节击退。就在五月初的一个晚上，岳飞召集百名不怕牺牲的勇士突击金兵的部队，给金兵以重创。金国的将领意识到自己的势力正在不断减弱，只好弃城而退。于是，岳飞成功地收复了建康城。

剑门①道中遇微雨

[宋] 陆游

衣上征尘杂②酒痕,
远游无处③不销魂④。
此身合⑤是诗人未?
细雨骑驴入剑门。

注释
① 剑门：地名，在今四川剑阁北部。
② 杂：掺杂。
③ 无处：处处。
④ 销魂：形容心情悲伤，好像丢了魂似的。
⑤ 合：应该。

□ 导读赏析

飘零的游子

陆游是南宋的大文学家，既能写诗，又能写词。他有着坎坷复杂的人生经历，而这些经历却在无形中让他的情感变得更为深沉。所以他笔下的诗词，读起来都十分有味道。这首《剑门道中遇微雨》描写的是诗人在远游路上恰逢小雨的情景，笔触细腻，十分动人，历来文人学者皆给予高度评价。

"衣上征尘杂酒痕，远游无处不销魂"，诗人在诗的首联写自己已经远游多时，衣服上沾着一路的尘土。然而不仅是尘土，这些尘土上面，还夹杂着酒渍。为什么会有酒渍呢？那是因为诗人心中苦闷，常常借酒消愁啊！当时南宋与北方的少数民族战争不止，而自己想要为朝廷效力，却又没有机会。

怀着这样的心事远游他乡，他就像一片找不到根的树叶，飘到哪一处，都觉得十分伤心。现在，他来到了剑门，这里正下着蒙蒙细雨。此时的诗人不是骑马，而是骑驴。可见他并不是急着要到哪里去，而是不知道该何去何从。他本来期待着去征战沙场，如今却只被派往不太重要的地方工作，心有不甘。诗人不禁对自己的身世发出了审问和嘲笑："难道我本身就是该做一个文弱诗人的命吗？"体会到了诗人的心情，我们再看"细雨骑驴入剑门"的这幅画面，就更能体会到诗人此时是一种多么百无聊赖的状态了！

趣闻轶事

陆游的心愿

在南宋时期，有许多文人志士都因当时的朝廷甘于屈服在北方异族的淫威之下，而感到极大的不满。他们的胸中都饱含爱国壮志，希望终有一天可以收复河山。他们中的许多人从少年时代开始，便立下志向要为国效力，到老去的时候依然不肯放弃这份执着。陆游就是其中一位，只可惜命运常常和他作对。

陆游生在官宦人家，自己又十分聪明上进，所以第一次参加科举考试乡试的时候，就被选上了第一名。成绩榜公布，陆游的名声大震，大家纷纷对他表示祝贺。后参加会试，这时候，朝中的大奸臣秦桧却发现自己的孙子秦埙偏偏正好排在陆游的后面。心肠歹毒的秦桧取消了陆游的成绩，从此恨上了陆游，嫉妒他的才华，一直不肯给他好的职位。

秦桧死后，陆游终于有了做官的机会。他工作努力，为人正直，甚至敢于直接反驳皇上。宋孝宗即位之后，陆游因为他的学识和胆量而受到别人的举荐，于是皇帝便给他加官进爵。可是面对功名利禄的诱惑，陆游并没有丧失自己的本色，他还是那个讲话直率的清官。他对皇帝说："陛下您刚刚即位，正好是发布正确的诏令来警示大家的好时机。现在还有许多官吏身上存在贪图享乐、不好好工作的习气。您应该挑出这些大毛病，带着大家一起改正。"

就这样，陆游的每一天都在尽心做着为国为民的事情。其中，南宋朝廷何时才能收复北方的河山是最让他挂怀的。他曾经屡次为国家出谋划策，可是没想到却遭到一些小人的妒忌。这些人开始到处说他的坏话，使他被贬到遥远的地方去。

随着陆游的年纪越来越大，他还有许多想要完成的事情没有做到。他看着大宋破碎的河山，含泪写下了许多诗篇。陆游的一生，度过了八十五个春夏秋冬。当他感到自己快要死去的时候，他还不忘对他的儿女诉说他人生的遗愿："王师北定中原日，家祭无忘告乃翁。"陆游的爱国情怀真是令人感动。

别云间①

[明] 夏完淳

三年羁旅②客，今日又南冠③。
无限河山泪，谁言天地宽。
已知泉路④近，欲别故乡难。
毅魄⑤归来日，灵旗⑥空际看。

注释

① 云间：地名，在今上海松江一带，是诗人的故乡。
② 羁（jī）旅：漂泊在外的样子。
③ 南冠：成为囚徒。
④ 泉路：黄泉路。
⑤ 毅魄：坚强不屈的精神、魂魄。
⑥ 灵旗：诗人死后出征的战旗。指诗人即使死去，也要带兵抗清。

□ 导读赏析

死而不朽的壮志

在太平盛世出生的我们，小时候都会想些什么呢？也许我们从来不会思考什么家国大事吧。不过夏完淳小时候却生活在一个动乱的年代，这让他小小的年纪就已经挑起了时代的重担。

"三年羁旅客，今日又南冠"，夏完淳跟随父亲和老师一起，很早就开始了军旅生活。每天风餐露宿地生活，到他写下这首诗的时候已经是第三年了。做了三年羁旅在外的军人，却因为实力不够而总是打败仗。这一次，夏完淳又被清军逮捕，囚禁在了牢房里。想到反清复明的大业也许不能完成，这个天下就要交给清人去管理了，夏完淳不禁流出了眼泪，哀叹道："无限河山泪，谁言天地宽。"他是为了不能保住国家而哭，为了自家的河山将要落入他人之手而哭。现在他再想起壮丽的山川大河已经不再觉得美好，而是觉得悲哀。

他意识到自己的双手已经不能挽回山河破碎的事实，心中十分纠结。他并不是怕死，而是舍不得自己的故乡。他说："已知泉路近，欲别故乡难。毅魄归来日，灵旗空际看。"生前也许不能等到回到故乡的那一天了，那么在死去之后，他的魂魄还是要回到故乡的。"灵旗"指的是鬼魂出征的战旗，在这里展现了夏完淳对抗清事业矢志不渝的精神。

在这首《别云间》中，我们所读到的都是他浓浓的家国爱与满满的壮志豪情。

趣闻轶事

少年英雄夏完淳

夏完淳十四岁的时候，明代已经灭亡，他与父亲和师傅陈子龙一起在太湖起兵，抗击清代的军队。十六岁的时候，夏完淳的父亲已经去世。夏完淳顺从父亲的遗愿，仍旧在陈子龙的军队里为保卫祖国江山而效力。不仅如此，他还把家里值钱的东西都拿到军队里，作为大家共同的财产。

陈子龙的军队打仗失败后，夏完淳也被抓走了。到了江宁（南京）以后，他被已经投降清军的明代遗老洪承畴看中。洪承畴见他年少有才，打算对他从宽处理，将他释放。于是就对他说："你这么一个小孩子，能知道些什么呀，就敢起兵叛逆。你现在到了敌军的手中，如果你投降归顺我们，我们就不惩罚你，并且给你官做。"谁知道，夏完淳听了不但不被诱惑，还振振有词地说道："我听说我朝曾经有个叫亨九的先生，他在松山、杏山的战役中英勇殉国。我们的皇上听说以后十分震惊和哀伤，向天下宣扬这位先生的英勇事迹并且抚恤他的家人，整个国家都为之而动容。我从前就很敬仰这位先生的忠烈精神，所以也决定向他学习。我虽然还小，可是我也敢舍身报国！"洪承畴身边的人听了连忙告诉夏完淳："你说的这位亨九先生就是现在堂上的这位洪承畴大人啊！亨九就是他的号。"夏完淳一听，却变得更加疾言厉色，他指着堂上的人说道："亨九先生为了保卫自己的国家，已经殉国很久了，天下人没有不知道的。我们大明的皇帝为了祭奠他，还为他摆坛祭祀，亲自带领群臣为他哭泣。你这么一个大叛徒，怎么敢冒充他的名字，玷污他的名声！"洪承畴知道夏完淳是故意演戏来责骂他，却也无话可说。

被敌人抓住的夏完淳一点也不害怕会被处死。他看到跟他一起被抓起来的人神情沮丧，就在旁边鼓励他说："如今我们一起为了国家大事而慷慨就义，将来在九泉之下见到陈子龙大人，我们也可以称自己是大丈夫啊！"听他这样一说，那人也不再害怕，而是觉得自己正在做一件伟大的事。夏完淳在监狱里还时时和他说笑，一点也不像一个囚犯。他还在牢里写下了许多诗文，被后人千古传诵。

咏史怀古

咏史·其六

[晋] 左思

荆轲①饮燕市②,酒酣气益震。
哀歌和渐离③,谓若傍④无人。
虽无壮士节,与世亦殊伦⑤。
高眄邈四海⑥,豪右何足陈⑦。
贵者虽自贵,视之若埃尘。
贱者虽自贱,重之若千钧⑧。

注释

① 荆轲:战国时期著名刺客,喜欢读书击剑,为燕太子刺杀秦王嬴政,事败后被杀。
② 燕市:战国时燕国的都市。
③ 渐离:高渐离,燕国人,擅长击筑。
④ 傍:旁边。
⑤ 殊伦:不同类。
⑥ 高眄(miǎn):高高地斜视,比喻傲视。邈(miǎo):轻视。
⑦ 豪右:指豪门贵族。陈:说,论,道。
⑧ 钧:重量单位,三十斤为一钧。

导读赏析

与世殊伦的诗人

《咏史》是左思用来表达心中的不平和愤慨的组诗。这组诗一共有八首,这是第六首。

诗人借历史人物的精神来表现自己的胸襟和气魄,言辞激昂,感情激荡,处处洋溢着诗人的英雄豪气。

诗歌前四句讲述荆轲刺秦的故事,表现出荆轲慷慨激昂、傲视一切的气概。刺杀秦王,生死难料,荆轲临行之前,在市中和高渐离一起饮酒,酒喝得痛快,气概更是不凡。高渐离为荆轲击筑送别,荆轲也以悲歌与高渐离唱和,旁若无人。短短几句,截取了荆轲刺秦过程的片段,描绘出慷慨悲壮的气概,让人感到不同凡响。

中间四句是诗人对荆轲的评价,说荆轲刺秦虽然失败了,但与世上一般人都不一样,他的视野足以傲视天下,那些豪门权贵根本不值一提。这几句表现了荆轲睥睨四海的英雄气概。诗人满腹才华,却因为门阀统治而始终得不到施展的机会,内心十分愤懑。在这里,诗人借荆轲表达出了自己对豪门权贵的蔑视。

最后四句表达了诗人对于贵贱的看法。"贵者虽自贵,视之若埃尘。贱者虽自贱,重之若千钧。"那些所谓的权贵虽然自以为贵,我却将他们视若尘埃,而荆轲虽自以为卑贱,在我眼中,他却如同千钧一样重。诗人一反常理,表现出一种与世不同的对待贵贱的观念,从而进一步抒发了自己的激愤之情。

趣闻轶事

洛阳纸贵的故事

左思是西晋有名的文学家,他出生在一个儒学世家,从小就接受家庭的文化影响。在读书的过程中,左思也尝试着自己创作,他花了一年的时间写出了《齐都赋》,觉得还算满意,于是想试着写出班固《两都赋》和张衡《二京赋》一样有名的大赋。

有了这个想法以后,左思就开始构思。他搜集了许多跟京城有关的历史、地理、物产、风俗方面的资料,然后就闭门谢客,开始苦写。在这期间,他的家里到处都挂满了纸,藩篱上、厕所中也不例外,只要一有好的句子,就立刻用笔记录下来。这样经过了十年,一篇凝结着心血和汗水的《三都赋》终于写成了。

但是,当他把文章拿出来的时候,并没有人重视。当时另一位文学家陆机也曾想写《三都赋》,听到名不见经传的左思写《三都赋》,对他弟弟陆云挖苦道:"这个不自量力的小子,居然想写《三都赋》,等到写出来,恐怕只能用来盖酒坛子吧。"但是左思认为自己写的《三都赋》,并不比班固、张衡的写得差,不想因为别人的言论就将自己的心血都白费了。于是,他找到当时品格高尚的皇甫谧,让他评价一下自己的文章。没想到,皇甫谧看了之后大加赞赏,还为它写了一篇序。后来又有张载、刘逵为《三都赋》做了注释,卫权、张华特意写文章大力赞赏了《三都赋》。

在一些名人的推荐之下,《三都赋》很快就风靡京城,广为流传,人们竞相传抄,洛阳的纸一时间供不应求,价格连翻好几倍。就连最初讥讽他的陆机,看了左思的文章后,也连连赞叹:"真是写得太好了,看来我没有办法比他写得更好了。"于是就弃笔,再也没有写过《三都赋》。

登幽州台①歌

[唐] 陈子昂

前不见古人，
后不见来者。
念②天地之悠悠③，
独怆然④而涕⑤下。

注释
① 幽州台：即黄金台，是燕昭王为招纳天下贤士而建造的。
① 念：想到。
① 悠悠：渺远的样子，形容时间久远和空间广大。
① 怆（chuàng）然：悲伤的样子。
① 涕：眼泪。

导读赏析

天地间的孤独英雄

不是每一个人都会一帆风顺，更多的时候人们遇到的是挫折。诗人陈子昂是一位极有才能的人，他勇于进谏，却总是遭受挫折。有一年，他进言又受挫折，于是登上幽州台，写下了这首为人传诵的短诗。这首诗所体现的胸怀之广、气度之阔，让无数人惊叹。

"前不见古人，后不见来者"，诗人视野开阔，凝练的语言当中显示出时间的悠长久远。诗人在当下没有遇到赏识自己的人，回望过去，以前礼贤下士的君王也已经见不到了，而展望未来，就算有贤明的君主，自己也来不及见到了。诗人可以说是生不逢时，从古到今，再到未来，都没有办法得到赏识，因此感到十分悲伤。下句"念天地之悠悠"，突出了空间的辽阔。诗人登台远望，却只看见天地悠悠，渺渺茫茫。这一句境界雄浑，为我们描绘出了北方原野苍茫广阔的景象，同时也映衬出了诗人孤单的身影。古往今来，茫茫宇宙，时间这么悠长，空间这么广阔，却没有知遇之人，诗人不禁悲从中来，"独怆然而涕下"，生动地描绘了诗人胸中无法排遣的孤单苦闷的情绪，因此只能独自流泪。

诗人胸怀大志却又报国无门，时间悠悠、天地茫茫的背景，营造出了苍茫苍劲的意境，烘托了生不逢时的悲凉，孤独悲凉的情绪又映衬着广阔的背景，使这首诗极具感染力。古朴的语言，错落的句式，变化的音节，我们在一咏一叹之间，不难品味出悲凉苍劲的氛围，不难看出一位屹立在天地间的孤独英雄。这种孤独苍凉的情绪更是感染了许多怀才不遇的人士，引起了广泛的共鸣，成为千古传唱的名篇。

咏史怀古

趣闻轶事

黄金台的典故

战国时期，燕国一直比较弱小，经常受其他国家的侵犯。燕昭王即位后，决心广纳人才，振兴燕国，于是向他的谋士郭隗请教："现在燕国一直处于危险的境地，我想招纳一些人才来帮助我治理燕国，你有什么好的办法吗？"

郭隗听了，并没有直接回答燕昭王的问题，而是给他讲了一个故事：

从前有一个国君，一心想要一匹千里马，于是向天下布告，说愿意用一千两黄金买一匹千里马。可是时间过去了三年，千里马仍然没有找到，国王很不高兴。这个时候，有人向国王请求，让他带上一千两黄金去外面买马，国王同意了。那个人在外面奔波了三个月，终于打听到千里马的消息，于是立刻赶过去，可是千里马却已经死掉了，这个人并没有立刻离开，而是用五百两黄金买了这匹千里马的骨头，并把它带回宫中献给国王。

国王见了非常生气，训斥道："我要的是活的千里马，你怎么花了五百两黄金，却给我买回来一堆马骨，这有什么用？"

那个人不慌不忙地回答道："这几年您没有买到千里马，并不是世上没有千里马，而是人们不相信您愿意出重金。如今我用五百两黄金买下了千里马的马骨，别人知道后，肯定会为您送来活马的。"

果然，这件事情传出去以后，人们都觉得国王是真的想要千里马，一年以内，就有好几个人为国王牵来了千里马。

郭隗讲了这个"重金买骨"的故事后，诚恳地对燕昭王说："您如果真的想招纳天下的贤才，可从我开始，大家看到连我这样才疏学浅的人都得到了重用，那些比我强十倍、百倍的人，必定会自己前来的。"

燕昭王觉得郭隗说得很有道理，于是先重用他，给他修建了豪华的府宅，并拜他为师。还另外修建了一座高台，里头堆着黄金，作为招待客人的费用和礼物，人们把它称为"黄金台"。

这样一来，燕昭王真心纳贤的消息就传遍了天下，大批的贤才千里迢迢地赶来。燕昭王依靠这些贤能人士，经过多年的苦心经营，终于使燕国富强起来。

后来，"黄金台"这一典故，就被用来形容招贤纳士的地方。

登黄鹤楼①

[唐] 崔颢

昔人②已乘黄鹤去,此地空③余黄鹤楼。
黄鹤一去不复返,白云千载空悠悠④。
晴川历历⑤汉阳⑥树,芳草萋萋⑦鹦鹉洲⑧。
日暮乡关⑨何处是?烟波江上使人愁。

注释

① 黄鹤楼:古楼,故址在今湖北武汉武昌区,传说古代有一位名叫黄子安的仙人,在此乘鹤登仙。
② 昔人:传说中的仙人子安。
③ 空:只。
④ 悠悠:深,大的样子。
⑤ 历历:清晰可数。
⑥ 汉阳:地名,今湖北武汉汉阳区,与黄鹤楼隔江相望。
⑦ 萋萋:形容草木长得茂盛。
⑧ 鹦鹉洲:地名,在湖北武汉武昌区西南。据记载,汉代黄祖担任江夏太守时,在此大宴宾客,有人献上鹦鹉,因此称鹦鹉洲。
⑨ 乡关:故乡。

导读赏析

夕阳下的乡愁

优美的传说,让黄鹤楼带有传奇的色彩,文人的题诗则为黄鹤楼添加了不少文化底蕴,这些都为黄鹤楼带来了名气,崔颢这首被称为唐诗"七律之首"的《登黄鹤楼》,更是让黄鹤楼声名远扬。

诗人从传说入手,一开始就为我们渲染出了一种空荡荡的气氛。往日的仙人已经驾鹤离开,如今此地只留黄鹤楼。仙人和黄鹤已是一去不回,悠悠千年,这里唯有白云飘荡,再也没有了往日的情景。诗人这两联气象阔大,想象丰富,"黄鹤"既是说仙人驾鹤,又是指世界上的一切事情,"千载"说明时间悠久,"悠悠"写出空间渺茫,"空"字蕴含着感慨和忧伤。这两句仿佛告诉读者,过去的一切都一去不回,如今只有这里的空旷和悠远。于是,诗人开始写眼前实景,"晴川历历汉阳树,芳草萋萋鹦鹉洲",诗人这两句对仗工整,为我们描绘了一幅明亮、悠远的图画,晴天阳光照耀下,汉阳河川旁的树木清晰可见,历历可数,鹦鹉洲上一片芳草萋萋。这明丽的图画与前面空远渺茫的景象相对比,衬托出了诗人对世事无常,变化不定的感受。诗人想起了自己的游子身份,漂泊在外,居无定所,于是思乡之情油然而生。"日暮乡关何处是?烟波江上使人愁",表现了诗人无处停靠的愁苦和惆怅迷离的乡愁。夕阳西下，诗人放眼望去，只见长江之上烟波浩渺，却不知故乡在何方，心中无限的乡情让人万般愁苦。夕阳西下，正是鸟儿归巢、人儿回家的时候，然而自己却看不到故乡，怎能不愁呢？烟波浩渺的江面增加了迷茫的气氛，仿佛将诗人满腔的乡愁放大到了江上和天地间，使得诗歌的感染力大大地增强了。

这首诗格调高远，笔法高超，意境深远，气魄宏大，结尾的乡愁更是引起人的无限遐想，可以说是有关黄鹤楼的诗作中最脍炙人口的一篇。

趣闻轶事

李白搁笔的故事

黄鹤楼名字的由来，有许多有趣的传说。有的说是古时候，有一位名叫黄子安的仙人，曾经驾着黄鹤飞过这座楼，于是它就被取名为黄鹤楼。也有人说是三国时期的费祎成仙后，驾鹤经过，曾经落在楼上休息，后来大家给它取名为黄鹤楼。关于黄鹤楼，除了这些美丽的传说，还有一段名人故事——李白搁笔。

黄鹤楼面临长江，风景开阔，诗人们到这里游览，都会诗兴大发，崔颢也是游览至此，于是提笔写下了《黄鹤楼》。后来许多人都想写诗和崔颢一比高下，但是从来没有谁的诗能超过这首。

有一次，"诗仙"李白游览到此，他登上黄鹤楼，观览黄鹤楼的美景，觉得视野开阔，胸怀也为之一振，于是诗兴大发。正要写的时候，却发现了崔颢写在楼上的诗，不觉连连称赞：

"绝妙，绝妙，真是绝妙！"李白觉得崔颢的诗写得太好了，自己不见得写得比他好，于是只能搁笔不写。别人问他："为什么提起笔又放下了呢？"李白只好无奈地说道："眼前有景道不得，崔颢题诗在上头。"说完就离开了黄鹤楼。

后来李白在游览金陵（今南京）凤凰台的时候，模仿崔颢的《登黄鹤楼》，写下了著名的《登金陵凤凰台》：

凤凰台上凤凰游，凤去台空江自流。
吴宫花草埋幽径，晋代衣冠成古丘。
三山半落青天外，二水中分白鹭洲。
总为浮云能蔽日，长安不见使人愁。

李白搁笔的故事和仿作的诗歌更让崔颢声名大震，后人在不断赞叹崔颢《登黄鹤楼》诗的同时，也无不欣赏李白的谦虚和才气。

越中览古①

[唐] 李白

越王勾践破吴②归，
战士还家尽锦衣③。
宫女如花满春殿④，
只今惟有鹧鸪⑤飞。

注释

① 越中：地名，唐代的越州，在今浙江绍兴。览：观览。
② 勾践破吴：春秋时期吴、越两国争霸，越王勾践被吴王夫差打败，做了吴国的俘虏，后来他卧薪尝胆，发愤图强，终于灭掉了吴国。
③ 锦衣：精美华丽的衣服。
④ 春殿：指宫殿。
⑤ 鹧鸪：鸟名，叫声凄厉。

导读赏析

盛衰无常的感慨

春秋时代，吴越两国争霸南方，成为世仇。公元前494年，越王勾践被吴王夫差打败，后来，他回到越国，卧薪尝胆，励精图治，发誓报仇，终于在公元前473年，灭掉了吴国。诗人游览到越中，也就是当年的吴越一带，想起了当年的事，于是挥笔写下了这首诗。

诗人前三句花了很多笔墨描写当时越王勾践打败吴王夫差的繁盛场面。越王勾践卧薪尝胆，终于打败吴国，一雪前耻，胜利归来。战士们受到越王勾践的奖赏，纷纷回家，华丽的衣服取代了战争的铠甲，个个喜笑颜开。宫殿之中尽是如花一样漂亮的宫女，簇拥着胜利的越王。"越王勾践破吴归"，点明了历史事件，"战士还家尽锦衣"，描述了战争胜利后，战士们凯旋时隆重而盛大的场面。"宫女如花满春殿"，为我们展示了越王勾践回宫后的安逸淫乐的场景。战士尽锦衣，宫女满春殿，这是无处可比的繁盛、热闹场面，但是第四句诗人笔头一转，将画面对准今天的王城，"只今惟有鹧鸪飞"。虽然当时繁盛，但是现在能看到的，只有几只叫声凄厉的鹧鸪还在旧城上飞来飞去。前三句极力渲染出当时的繁盛，这一转折，却将原来的威武、荣华都一笔勾销了。当初无比的繁华衬托出如今无限的荒凉，在这种强烈的对比中，我们仿佛能读到诗人的感慨：世事无常，就算当初再繁盛，如今也沦为一片荒凉。

全诗将往昔的繁盛和如今的荒凉进行对比，抒发了世事变化、盛衰无常的感慨，让人感受深刻。

趣闻轶事

卧薪尝胆的故事

春秋时期,吴越两国争霸,两国之间不断发生战争。

在一次战争中,吴王夫差凭着自己强大的国力,打败了越国,越王勾践被抓到吴国。吴王为了羞辱越王,派他去看守墓地,让他去当马夫喂马。越王每天做着奴仆们的工作,心里虽然很不服气,但还是装出很忠顺的样子。吴王出门时,他就在前面牵马;吴王生病的时候,他在床前尽心地服侍。吴王看他这样尽心地伺候自己,觉得他已经对吴国非常忠心了,又想到越国已经没有什么实力来抗衡,于是就允许他返回越国。

越王返回越国后,决心洗刷自己在吴国所受的耻辱。为了不忘记自己报仇雪恨的志向,提醒自己不要被眼前的安逸消磨掉斗志,他撤掉席子,每天都睡在坚硬的干柴上,还在吃饭的地方挂了一个苦胆,每天吃饭前、睡觉前都要去舔一下,尝一尝苦味,还问自己:"你忘了在会稽受的耻辱了吗?"除此之外,为了使越国富强起来,他还亲自耕种,叫他夫人织布,来鼓励生产。

经过二十年的艰苦奋斗,越国终于变得国富兵强。于是越王亲自率领军队进攻吴国,一举将吴国消灭了,吴王夫差在战败后羞愧地自杀了。后来,越国又乘胜进军中原,成为春秋时期的最后一个霸主。

与诸子登岘山①

[唐] 孟浩然

人事有代谢②,往来成古今。
江山留胜迹③,我辈复登临。
水落鱼梁④浅,天寒梦泽⑤深。
羊公碑⑥字在,读罢泪沾襟。

注释

① 岘(xiàn)山:山名,在湖北襄阳,又名岘首山。
② 代谢:交替变化,轮换。
③ 胜迹:名胜古迹,这里指羊公碑。
④ 鱼梁:指鱼梁洲,在襄阳鹿门山的水中。
⑤ 梦泽:指湖北云梦泽。
⑥ 羊公碑:后人为纪念西晋名将羊祜(hù)而建的碑。

导读赏析

羊公碑前泪满襟

襄阳山上的羊公碑,记载着西晋名将羊祜的故事。后人到此游览的时候,总是有感于羊祜的事迹而潸然泪下,孟浩然便是其中一位。

求官不顺的孟浩然,怀着苦闷的心情登上岘山,看到羊公碑,想起当年羊祜将军,感慨江山依旧人生短暂,又想起自己空有一身抱负,却无处施展,一事无成,不觉分外悲伤,泪满衣襟,于是写下了这首吊古伤怀的诗。

"人事有代谢,往来成古今",感慨深沉。诗人俯仰古今,讲出了一个平凡而深刻的道理,那就是古往今来,世界在不断变化,新旧在不断交替,来来往往便有了历史。诗人这句感慨饱含着沧桑,引出了内心的无限心事。"江山留胜迹,我辈复登临",承接上句的感慨古今,落笔实处。在深沉渺远的历史中,江山留下了这处名胜古迹,如今,我们几人又来登临游览。这一联前后两句分别对应"古"和"今",古今对照,给人深刻印象。"水落鱼梁浅,天寒梦泽深",描写了登山见到的景象。诗人放眼望去,只见洲中水落,鱼梁洲露出更多陆地,水面显得更浅了。而那辽阔的云梦泽,在寒冬的笼罩下,则显得更加深远。诗人通过描写冬季萧条的景物,点明了时间,又烘托出了伤感的氛围。尾联则直接抒发了无限的感伤之情,诗人想到,从西晋到唐代,几百年过去,历史沧桑,人事巨变,然而羊公碑却依然屹立在岘山上,令人敬仰,回想自己,却至今一事无成,最后只会淹没在历史中。两者一相对比,不由得悲从中来,泪沾衣裳。

整首诗虽然语言通俗,却蕴含着诗人丰富饱满的感情,让人十分动容。

◻ 趣闻轶事
羊公碑的典故

　　羊祜出生在一个名门世家，声望很高。他自小相貌英俊，生性仁厚，长大后更是德才兼备，在朝廷担任管理军事机要的重要职位。

　　当时，湖北襄阳一带经常发生战争，老百姓日子过得十分艰难。羊祜十分同情百姓的处境，只要边境战争稍停，他就会采取措施减轻老百姓的税收，鼓励人们进行农业生产，让老百姓过上有饭吃有衣穿的日子。由于施行仁政，当地的老百姓都来归顺他。

　　羊祜空闲时十分喜爱游山玩水，一碰上好天气，就要和朋友去岘山游玩，常常在山上喝酒聊天，一喝就是一整天，并且乐此不疲。有一次，他和朋友去岘山，喝酒的时候，他突然对着他的朋友邹湛很感叹地说："宇宙刚有的时候，这座山就在这里了。千百年来，贤士才人那么多，像我们这样，到这里登高远望的，实在是太多了。但是他们都淹没无闻了，想想真是让人悲伤。人生真是短暂，什么也留不下，如果百年之后还有知觉，那么我的魂魄一定还要到此来登高望远。"邹湛听了，缓慢地回答道："先生您德高望重，名扬四海，一定会和这座山一起流传后世，至于我这样的，才会像您说的一样，淹没在尘世中，后人再也不会知道了。"

　　羊祜死后，当地的百姓为了纪念他，为他建立了"羊公碑"。人们常会去祭拜他，人们一看到这块碑，就会想起羊祜在世时的种种事迹，于是纷纷落泪。后来，西晋军事家杜预又将羊公碑称作"堕泪碑"。

蜀相①

[唐] 杜甫

丞相祠堂②何处寻？锦官城外柏森森③。
映阶碧草自春色，隔叶黄鹂空好音。
三顾频烦天下计④，两朝开济⑤老臣心。
出师未捷身先死，长使英雄泪满襟。

注释

① 蜀相：三国时期蜀国的丞相诸葛亮。
② 丞相祠堂：指诸葛亮庙。
③ 锦官城：即成都。柏（bǎi）森森：柏树茂盛繁密的样子。
④ 三顾频烦天下计：指刘备三顾茅庐，向诸葛亮问计。
⑤ 两朝开济：指诸葛亮先后辅助刘备和刘禅，经历两朝。

导读赏析

长盛不衰的蜀相

本诗开门见山，诗人用问答的方式引起全诗。"丞相祠堂何处寻？锦官城外柏森森"，一问一答，开合自如。诗人自然知道丞相祠堂的所在，但用"何处寻"设问，从而加强了气氛，"寻"字巧妙地刻画出诗人追慕先贤的诚挚感情。"锦官城外柏森森"，描绘了武侯祠的地点和环境：翠柏成林，高大茂密，郁郁葱葱。诗人用长盛不衰的柏树，来象征丞相的精神永垂不朽，让人肃然起敬。

接着，诗人为读者展示了祠堂前的景色，石阶之上铺展着茵茵春草，映出一片盎然的绿意；树林中穿行着几只黄莺，偶尔发出宛转清脆的叫声。诗人描写的是一派生机的春日景色，"自春色"和"空好音"却突出了一派生机背后的荒凉，景色虽然好，但却是徒劳的，"自"和"空"表现出了一种哀伤和惆怅。

后两联由写景转入抒情，既颂扬了丞相的精神，也抒发了自己的感慨。"三顾频烦天下计，两朝开济老臣心"，上句说刘备三顾茅庐，向隐居隆中的诸葛亮请教安定天下的计策；下句说诸葛亮匡扶蜀汉两代君主，鞠躬尽瘁，死而后已。这一联语言凝练，浓墨重彩地刻画了诸葛亮的形象，颂扬了他的济世才能和忠心耿耿。尾联"出师未捷身先死，长使英雄泪满襟"，说诸葛亮大业未成却病死军中，无数仁人志士都为他痛哭。这一联感染力极强，诗人借诸葛亮的不幸，抒发了内心无限的感慨。

📖 趣闻轶事

三顾茅庐的故事

东汉末年,天下大乱。各路人马相互征伐,战争连年不断。其中刘备一支,虽然胸怀大志,却因为力量薄弱,没有谋士辅佐,一直没有大的成就。

后来,有人向刘备推荐诸葛亮,说他才华过人,深谋远虑,如果能得到他的帮助,那平定天下的愿望就可以达成了。刘备听了十分高兴,他打听到诸葛亮隐居在隆中(位于湖北襄阳)的一间草屋中,于是带着丰厚的礼物,在关羽和张飞的陪同下,一起去请诸葛亮。

到了诸葛亮家门口,刘备亲自去敲门,不巧的是,诸葛亮不在家,刘备只好失望地回去了。

过了一段时间,刘备听说诸葛亮在家,就急忙带着关羽和张飞一起去拜访。当时天正下着大雪,北风呼呼地刮着。刘备和关羽他们一起冒雪走了很远的路,来到诸葛亮家中,希望可以见到诸葛亮,可是,这一次诸葛亮又不在家。刘备只好留下一封信,离开了诸葛亮的茅草屋。

过了些日子,刘备又准备去请诸葛亮。关羽和张飞都劝他不要去了,他们觉得刘备没必要对诸葛亮这么恭敬,也许诸葛亮只是徒有虚名。刘备却说:"对于有才华的人,就应该尊敬。"然后,又和关羽、张飞去请诸葛亮。

这一次,诸葛亮正好在家,但是他们到达的时候已经是中午了,书童告诉他们,诸葛亮正在睡觉。刘备怕打扰诸葛亮休息,于是和关羽、张飞在门外等候诸葛亮醒来,太阳晒得他满头大汗,但是他却一直恭恭敬敬的站着。诸葛亮醒了以后,听说刘备在外面等候,心里非常感动,亲自出门迎接,邀请刘备到自己书房讨论天下大事。诸葛亮分析了当时天下的形势,并为刘备统一天下指定了周密的计划。交谈当中,诸葛亮发现刘备和自己有着共同的目标,于是答应了刘备的邀请。

刘备三次拜见诸葛亮,用自己的真诚打动了他,最终得到了诸葛亮的辅佐,建立了蜀汉政权,成为当时最强大的势力之一。

乌衣巷①

[唐] 刘禹锡

朱雀桥②边野草花，
乌衣巷口夕阳斜。
旧时王谢堂前燕，
飞入寻常百姓家。

注释

① 乌衣巷：地名，在今江苏南京市内。东晋时期的王导、谢安两大家族，都曾居住在此。
② 朱雀桥：地名，在南京市内，是一条由市中心通往乌衣巷的交通要道。

导读赏析

穿越古今的燕子

每次游访古镇老街或者名人故居的时候，你是否会好奇它们千百年前的样子呢？是否会遥想那时候人们生活的样子呢？刘禹锡的这首《乌衣巷》就给我们提供了这样一个穿越古今的机会，让读者在怀古的过程中感受时代的变迁。

诗人在前面两句便带领读者来到了"朱雀桥边"、"乌衣巷口"。古都南京曾经何等繁华，何等美好。看那朱雀桥边车水马龙，乌衣巷口人来人往。可是时过境迁，现在的朱雀桥边只剩下丛生遍地的"野草花"，再不见当年的盛世风光。接着，诗人将乌衣巷置于"夕阳斜"的晚景当中。日落西山，乌衣巷口残阳如血，满是一片今非昔比的凄凉氛围。这句诗前后对仗工整，诗人只寥寥几笔便勾勒出了古城寥落颓败的景色。在为全诗奠定了哀婉伤怀情感基调的同时，也给读者带来了强烈的感情触动。

后两句"旧时王谢堂前燕，飞入寻常百姓家"则是全诗的亮点。诗人特意选择了"旧时"的小燕子，让它们像历史的证人一样，带领读者飞翔在乌衣巷的过去和现在。我们看到，当年王谢家族的亭台楼阁、觥筹交错都已渐渐远去，如今取而代之的只是一些"寻常"百姓平淡无奇的生活图景。让人不禁产生沧海桑田之感。

这首诗虽然全篇都在写景，没有议论抒情，但诗人却用他敏锐的观察力与奇妙的想象力描绘出了一个与众不同的乌衣巷，将豪门盛衰的历史感与世事沧桑的人生感悟传达给了读者。可以说是深入浅出，意味深长。

□ 趣闻轶事

乌衣巷中的王谢家族

现在位于南京秦淮河畔的乌衣巷，昔日可是一条名人街。在东晋的时候，许多名门望族都居住在这里。这其中就有开国元勋王导和指挥了淝水之战的谢安这两位大人物。他们和他们的子孙就住在这条乌衣巷里，形成了历史上赫赫有名的王谢家族。在这两个大家族中，孩子们从小就能受到良好的教育，所以很多人长大后都成为了非常有出息的人才。比如说王导的侄子王羲之就是一位千古流芳的大书法家。

王羲之从小就爱好书法，也勤于刻苦练习。每当他看到前代书法家写的好字，就会去临摹，从而使自己得到进步，并且乐此不疲。据说他在池塘边练习书法时，把用完的毛笔和砚台放在池塘里清洗。就这样日复一日，时间一长，整个池塘的水都被他笔上洗掉的墨水染成了黑色！而这样用心的练习也确实让他的书法水平长进不少。有一次，皇帝要去郊外祭拜祖先，就让王羲之先把祝福祖先的话语写在一块木板上，再拿给工匠去雕刻。工匠拿到木板后，就对它进行一层一层地打磨。却发现都磨到了三分深度的地方，还能看见王羲之的笔迹。大家不禁感叹王羲之的书法力道真是"入木三分"啊！

和王家一样，谢家的子弟也都称得上是才学过人。而且不仅男孩子是这样，连女孩子也都冰雪聪明，可以吟诗作对。谢道韫就是这样一位小才女。在她还很小的时候，有一次下大雪，她的叔父谢安指着洋洋洒洒的雪花问道："这纷纷飘落的雪花看上去像什么呢？"谢道韫的弟弟抢先回答说："像是白盐撒在了空中！"谢安叔叔点点头，觉得回答得很不错。这时候谢道韫却说道："我觉得不如比作乘着春风起舞的柳絮更恰当！"谢安叔叔听到小侄女这样富有想象力和诗情画意的答案，顿时觉得眼前一亮，十分开心。后来，谢道韫也因此得了一个"柳絮之才"的称号。

谢道韫长大以后，嫁给了王羲之的二儿子王凝之，在王家度过了数十年的光阴。在她渐渐老去的时候，整个东晋王朝也已经慢慢走向衰败。新的起义军冲进城里，许多亲友都遭到了杀害。面对着破门而入的敌人，谢道韫紧紧抱着自己年幼的外孙大喊："这是王家大人们的事情，与这个小外孙有什么关系？如果你们一定要害死他，那就先来杀死我吧！"敌人看到谢道韫如此正气凛然的模样，就没有再加害于他们。谢道韫虽是一名女子，却用她的智慧和胆略保护了她的亲人，真是让人敬佩。

赤壁①

[唐] 杜牧

折戟②沉沙铁未销③，
自将④磨洗认前朝。
东风不与周郎便⑤，
铜雀春深锁二乔⑥。

注释

① 赤壁：地名，在今湖北。三国时期曾经在此发生过著名的赤壁之战。
② 戟（jǐ）：古代一种兵器。
③ 销：销蚀，腐坏。
④ 将：拿起。
⑤ 东风不与周郎便：指的是三国时期火烧赤壁的故事。周瑜的军队借用东风的风向，将大火引到了行驶在赤壁间的曹军船上，获得胜利。这里用的是假设的语气。
⑥ 铜雀春深锁二乔：指的是曹操修建铜雀台收纳美女的故事。二乔，即大乔和小乔，是吴国的两位美女。

导读赏析

东风送好运

在历代的怀古诗中，诗人因为游历了古迹而产生感慨创作诗篇的情况非常之多。但这首诗中，诗人却是因为一件古旧的铁戟对过去的战争产生了联想，从而发出了深刻的感叹。

这支折断了的铁戟虽然沉溺于泥沙之中，但是还没有被腐蚀，诗人亲自将它打磨洗净之后还能认出它就是前朝赤壁大战的遗物。于是诗人由此及彼，联想到了那场战争的情景。在赤壁之战中，吴国在蜀国的帮助下成功抵抗了魏国曹操的军队。他们看穿了曹军的士兵不懂水性的弱点，并算准了东风到来的时间，在其统帅周瑜的带领下用火退了曹操的军队，获得胜利。于是诗人借此事发出假设，他设问道：如果当时东风没有给周瑜的军队带来便利，事情会变成怎么样呢？对此，诗人大胆地给出了答案。他说："东风不与周郎便，铜雀春深锁二乔。"如果当初没有东风将大火吹上曹军一方的战船，那么恐怕周瑜的军队就会战败，而他们吴国的二乔姐妹也会被曹操带走关在铜雀台上吧！

虽然这样的假设并不成立，但是诗人却用这种巧妙的联想与议论表达了自己对此事的独特看法。与一般歌颂赤壁之战的诗歌不同，诗人没有着重赞美周瑜的智勇双全，而是注意到了东风给吴国军队带来的机遇和好运气。然而，不管是战争还是生活，懂得抓住机会好好利用也是一种聪明的做法啊！

趣闻轶事

赤壁之战

赤壁之战是三国时期一场著名的以弱胜强的战役，我国的四大名著之一《三国演义》就详细地讲述了这个故事。那个时候，中华大地被曹操、刘备和孙权分成了三个部分。其中曹操的势力最大，军队最厉害。相比之下，刘备的军团和孙权的军团就显得力量比较弱小。于是，他们就想到一个办法，通过彼此联合来共同抵抗曹操。

随着曹操的军队变得越来越强大，曹操决定乘胜追击，征战南方。曹操的军队一直都驻扎在北方，军队里的士兵也多来自北方。他们在陆地上作战时都是一顶一的勇士，可是到了河流众多的南方，却需要他们乘船作战。这可实在有些难为他们。但是曹操的谋士想到了一个好办法，将大家的船都用钩子连在了一起，这样船在水面上就变得平稳了许多，战士们也觉得这样就像走在陆地上一样，丝毫不会觉得不方便了。可是他们却不知道，这为日后的失败埋下了深重的隐患。

刘备和孙权听说曹操来攻打南方，便马上一起商议起了对策。大家认为敌众我寡，曹操的势力那么强大，直接交战自己肯定是要吃亏的，所以应该智取。想来想去，大家决定君臣配合，演一出戏给曹操看。当时孙权的军队里最得力的勇将就是周瑜了，而对周瑜最忠心的部下是黄盖。一天，周瑜假装与黄盖不和，狠狠地鞭打了黄盖。黄盖虽然身体受苦，但是心里却并不委屈。他知道，如果这场戏骗过了多疑的曹操，他们就有战胜曹军的可能。果不其然，曹操真的以为他们的军队里起了内讧。黄盖又送信给曹操坚定地对曹操说他要抛弃周瑜归附于他，这让曹操更加得意。

到了黄盖投降曹操的这一天，吴国的军队已经做好了准备迎战曹操。刘备的军师诸葛亮也已经算准了当天必刮东风，将会有助于他们利用火烧赤壁的战术。黄盖扬起"先锋"的旗帜，带船队向曹操驶去。曹操远远看见，非常高兴，认为一定是黄盖来投降于他了。可是谁知道，就在离他还剩二里地的地方，黄盖一把火点燃了船上的柴草，直直地向曹操的船队撞了过去。而他和他的士兵坐小船逃走了。这下曹操的军队可慌了手脚，因为之前大家已经把船都连在了一起，所以此时的大火在东风的吹送下很快就蔓延到了整个船队。无可奈何又悔恨交加的曹操只好带着他的将士们落荒而逃了。

汉宫词

[唐] 李商隐

青雀①西飞竟未回，
君王长在集灵台②。
侍臣最有相如③渴，
不赐金茎露④一杯。

注释

① 青雀：指《山海经》中所载的由西王母所使的一种神鸟。
② 集灵台：西汉时期汉武帝为求仙访道而造的灵台。
③ 相如：司马相如。西汉大文学家，善写辞赋，但患有消渴症，就是现在的糖尿病。
④ 金茎露：指用金铜塑造的承露盘中所盛的露水。

导读赏析

仙道与人道

你知道中国的三大宗教吗？它们是儒教、道教和佛教。其中，道教由道家学派发展而来，追求的是一种超脱生死的神仙般的生活。在它的影响下，当时有许多人求仙访道，甚至连皇帝汉武帝也是其中一个。

李商隐的这首《汉宫词》就是通过刻画汉武帝渴望得道升仙的样子来讽刺他对世间贤才的疏忽。诗的前两句先是描写了一个长久在集灵台前恭候西方神鸟的汉武帝形象。这位帝王的目光与心思都飞往天外，完全看不到别的东西。他"长在"集灵台前，却"竟"还没有等到青鸟飞回。诗人用一个"竟"字道出了汉武帝的内心语言，表现了他的焦急与渴盼。

但是诗人对他的这种心情是不以为然的，他用下面两句诗对汉武帝进行了讽刺和批判。诗人假设，如果患有消渴症的文臣司马相如在旁边急着要喝水，耽于仙道的汉武帝恐怕也不会将眼前承露金盘里的水分一杯给他救命吧！诗人通过这个事例更加深刻地揭露了汉武帝对宗教和现实轻重不分，讽刺他实在太过痴迷于神仙崇拜，而忘记了作为一位君主所该有的对朝廷人才的尊重和珍惜之情。诗人借古喻今，表面上是在批评汉武帝，实际上是在表达自己的不满。他对当时的君主提出控诉，希望他能清醒过来，选贤任能，治理朝政。

大汉天子

趣闻轶事

汉武帝刘彻16岁登基，在位54年。在他统治大汉王朝的这半个多世纪的时间里，整个国家富强昌盛。他对外开疆扩土，对内推行许多改革措施，造就了汉武盛世。

汉武帝即位以后，第一个想到的问题，就是要发展教育。可是要用谁的思想来作为教育的范本呢？是应该用汉代内部一直以来推行的道家学说，还是应该选用非常有实用性的儒家学说呢？汉武帝有些拿不定主意。于是他找来了许多文人才子，让他们来发表意见。在这些才子中，一个名叫董仲舒的人脱颖而出。他主张推行孔子的儒家学说，并且详加论证。武帝觉得十分有道理。于是就发布诏令，推荐孔子的儒学，作为教育的范本。国内统治果然变得更稳固。

国内治理好了，汉武帝开始思考征讨匈奴。他选用智勇双全的卫青和霍去病作为先锋，带领士兵与匈奴展开了大规模的战斗。他们不怕远征的辛苦，斗志昂扬，节节击退匈奴的势力，取得了最终的胜利。

如此雄才大略的汉武帝，一生中建功无数，却只有一件事让他不太光彩——他太过于看重求仙访道。他修建仙台，炼制丹药，简直到了迷信的程度。他的这些行为，给他的家人和子民都造成了深深的伤害。汉武帝最后终于醒悟过来，向天下颁布了一篇《轮台罪己诏》，诚恳地向大家道歉。这是历史上第一篇帝王手写的《罪己诏》。汉武帝知错能改，心系天下，让人敬重！

汴河①怀古

[唐] 皮日休

尽道②隋亡为此河，
至今千里赖通波。
若无水殿龙舟事③，
共禹④论功不较多。

注释

① 汴河：通济渠，京杭大运河的一部分。
② 尽道：都说。
③ 水殿龙舟事：指隋炀帝杨广乘坐龙舟南下扬州的事。
④ 禹：夏禹，我国上古时期一位贤明的帝王，功绩显赫。他曾为国家治理洪水，被历代人民称颂。

导读赏析

亡国的导火索

怀古诗的作法有很多种。在这首诗中，诗人大谈特谈过去的史事，并表达了自己的看法。他的语言浅显易懂，而他所说的内容却非常有意思。

诗的第一句"尽道隋亡为此河"开门见山，摆出了人们对隋炀帝大费人力，开凿运河这件事的传统评价。大家都认为隋朝灭亡是由这条运河引起的，可是从下一句看，诗人的意见却不是这样的。"至今千里赖通波"，诗人摆出事实告诉大家，这条大运河到现在还在被人们使用着。如果没有这条河，南北的交通往来就会十分不方便。多亏了这条河，让我们今天还能依赖它来运输物资。诗人用这区区的七个字就将运河的交通价值和经济价值完整地概括了出来，可见诗人是认可隋炀帝开凿运河这件事的。

然而接下来诗人的口气又转了，他遗憾地叹道，要是隋炀帝当年没有兴师动众地造水殿龙舟游玩江南，那么他因开凿大运河而建下的功绩恐怕可以和大禹相提并论吧。将隋炀帝与远古时期治水救国的大禹相提并论，比较功绩，这对隋炀帝是很高的评价。

这首诗立意新颖，语言简炼，是一首有理有情的好诗。

趣闻轶事

功过参半的隋炀帝

隋炀帝杨广是中国历史上一位赫赫有名的皇帝，他在政治、经济、军事和文化教育上建立了伟大的功勋。但同时他又是一位贪图享乐的皇帝，他常常因为自己的贪婪而让全国百姓承受沉重的负担。

隋炀帝在登基的第二年，就下令开凿京杭大运河。这条运河计划从洛阳北边的涿郡开始动工，一直向南延伸到杭州。全程近两千千米，连通了这一路上各种大大小小的河流，包括淮河和长江的分支，形成了一条贯穿南北的水路。说起来，这条水路的修成让南北两地的物资运输变得又省时又省力，对国家非常有益处。可是隋炀帝最开始修建这条大运河的时候，可不是为了要建设什么利国利民的交通工程，而纯粹是为了方便自己到南方去游玩的！

经过了为时6年的辛苦开凿，京杭大运河终于可以通船了。隋炀帝兴奋不已，迫不及待地想去江都游玩。他连忙叫人为他专门打造了一条豪华的大龙船。这条龙船一共有4层，高度约有9米，长度约有40米，里面有120个房间。这些房间按照不同的功能被布置成不同的样子，简直就跟皇宫一样精致华丽。不仅如此，他还给他的皇后也造了差不多的大船，还给随行的人员分别造了各种各样外观精美的船。这些船加在一起一共有上千只，它们形成一个庞大的船队，浩浩荡荡地向江都进发。

隋炀帝玩性很重，他每到一个地方，都会叫当地的官员和百姓为他们整个船队上的人献上好吃的酒菜。你算算，隋炀帝的船队那么庞大，光是随行的人员就有将近20万人，要为他们准备吃的喝的，百姓怎么受得了呢？可是即使这样，有些好大喜功的官员还会逼着百姓献上自己的饭食，倾家荡产也在所不惜，弄得大家叫苦不迭。这样大型的巡游，隋炀帝一共进行过3次。看着百姓的负担越来越重，有些贤良的大臣终于忍不住要去阻止隋炀帝了。可是隋炀帝一句话也听不进去，不仅撤了那些大臣的职，还变得更加奢侈无度。最后，人们终于无法忍受，推翻了他的统治。

想想隋炀帝的一生，统一中国，修建都城，开凿水路，发展外交，制定科举制度。这每一件都是能使千秋百代的人民受益的好事。然而就因为他贪婪无度的性格，玷污了他一生的功绩。怪不得皮日休要说"若无水殿龙舟事，共禹论功不较多"呢！

台城①

[五代] 韦庄

江雨霏霏②江草齐，
六朝③如梦鸟空啼。
无情最是台城柳，
依旧烟笼十里堤④。

注释

① 台城：古地名，在今江苏南京市内。曾是六朝时期繁华的娱乐场所。
② 霏霏（fēi）：春雨缠绵的样子。
③ 六朝：自三国到隋代南方的六个朝代，分别是东吴、东晋、南朝宋、南朝齐、南朝梁、南朝陈。
④ 堤：河岸。

导读赏析

烟雨江南，梦幻古城

江南曾经是六朝繁华之地，许多文人才子都歌咏过这里的风韵。可是时过境迁，许多古迹都已不在。这首诗就是一首吊古之作。诗人借描绘美轮美奂的江南春景反衬古城已经消失的现实，营造出一种物是人非的落寞气氛。

虽然是怀古之作，但是诗人却没有一句是直接对它进行正面描写。他都是通过描写烟雨江南的春景，从侧面讲述台城的旧日繁华。江南的春天和风细雨，草长莺飞。可是这台城故地，虽然是万物复苏的时节，却十分荒凉。纸醉金迷的台城已经一去不返，诗人不禁感慨"六朝如梦"，韶华易逝。他听到还有鸟儿在这片土地上欢快地歌唱，但却说它们也是"空啼"而已。"空"与"梦"相呼应，更加突出了台城落败，六朝金粉不可复兴的事实。

第三句诗人运用了移情的修辞手法，将自己对古迹的怀念与心痛转移到春柳之上，怪它"无情"。在六朝覆灭，台城消失的今天，它却还能杨柳堆烟，青春依旧，一点也没有改变。其实怎么是柳树无情呢？是诗人太伤心了。这种兴衰之间的更替轮回让诗人深深地感受到了人世间的沧桑。恐怕他也料到了唐代的未来也会有一天如六朝一样，被后世所代替，所以不禁生出一股伤感来。虽然这样的情绪有些消极，可诗人却已经看到了这种新旧交替的社会现象，亦不失为是一种深刻的认识。

趣闻轶事

"秦妇吟秀才"

韦庄出生于书香门第,他的祖上有唐代宰相韦见素,他的祖父官至中书舍人。韦庄从小就是一个心胸宽广、不拘小节的人。大概是受到家学渊源的影响,韦庄从小就会写诗词,而且语言都非常清丽。可是,你可不要因此就以为他是一个只会吟风弄月词人。其实,韦庄的成名作还是一首抨击时政的现实主义文学作品呢。

那首诗的名字叫《秦妇吟》,是韦庄在科举考试时临场发挥、一挥而成的大作。当时唐代社会混乱,黄巢起义爆发。起义军攻占了长安(今西安),建立了政权。韦庄就借着这件事抒发他的感想,挥毫泼墨写成一首一千六百多字的长诗。在所有的唐诗之中,这首诗是最长的一首。

在这首诗中,韦庄通过一位"秦妇"的话,向大家讲述了黄巢军队与唐代军队争夺长安城的故事。诗中写到黄巢的军队冲进城里时,长安城陷入了一片混乱:"扶羸携幼竞相呼,上屋缘墙不知次。南邻走入北邻藏,东邻走向西邻避。"大家都带着自己的亲人慌乱地向四处逃跑,呼唤着亲人的名字害怕大家会走散。长安城外兵荒马乱,城里更是火光冲天,这所有的描写都在形象地诉说着当时黄巢军队进城以后的可怕情况。诗的后面又写了这位秦妇在黄巢军队占领皇城以后所度过的担惊受怕的艰难时光。整首诗都非常形象生动,仿佛韦庄笔下的那些场景都活生生地在人们的眼前一一浮现出来一样。这首诗上交考官之后,便一举成名。大家都对这首诗中的内容感同身受,不禁十分赞叹诗人的作诗水平真是太高妙了!韦庄因为这首诗而一下子考中了进士,还得到了一个"秦妇吟秀才"的称号。

韦庄刚当上官不久,唐代就走到了尽头。看着新兴的梁代取代了唐代,皇权落到了他人的手里,韦庄十分担心新国君会对百姓不好,于是他和许多将士一同拥护并奉劝蜀中大将王建,希望他能救百姓于水火之中。韦庄还带着官吏和百姓们大哭了三天三夜,抒发他们亡国的悲思。

夏日绝句

[宋] 李清照

生当作人杰①，
死亦为鬼雄②。
至今思项羽③，
不肯过江东④。

注释
① 人杰：人才，人中豪杰。
① 鬼雄：鬼中的英雄。
① 项羽：秦代末年领导起义军的猛将，曾经称霸一方。
① 江东：项羽最初起兵的地方。他失败以后，心中惭愧，便自刎江边。

导读赏析

巾帼不让须眉

李清照是南宋最著名的女词人。她擅长写富有儿女情怀的婉约词，其中有许多名句都扣人心弦。但是在她温柔内心的另一面，却有着比男子还要坚韧不屈的气节！李清照生不逢时，正好是在北宋覆灭，南宋建国的时刻。经历了举国南逃的战事，李清照心中十分苦闷。当逃到乌江边上的时候，她不禁联想起古时候西楚霸王项羽的故事，于是写下了这首诗。西楚霸王项羽是那样的英勇善战，在当时称霸一方。可是他后来却不幸战败，逃到了乌江边上。他想起了江东父老曾经对他的期待，心中十分愧疚。所以他宁死不屈，以死相报，自刎在乌江边上。不愧是一位堂堂正正的大英雄！

李清照将这个故事与自己眼下的遭遇相联系，写下了这首诗。她在诗中发出了这样慷慨激昂的悲声："做人就要做豪杰，做鬼也要成英雄。我现在仍怀念项羽的气节，他宁死也不肯忍辱过江！"这首诗的词句并没有什么难点，它的精彩之处在于它的立意非常高古。

李清照这首诗实际上是在怀古的基础上借古讽今，她痛恨南宋统治阶层抛弃江山只顾南逃的昏庸懦弱，讥讽他们这种苟且偷生、节操尽失的可耻行径。诗人的每一句话都那么掷地有声，振聋发聩。这样大义凛然的诗篇竟然出自一介女流，实在让人由衷敬佩。

趣闻轶事

楚汉相争的最后一战

秦代末年,国家混乱。朝廷推行苛政,民不聊生。各路英雄奋起反抗,希望找到一条新的出路。当时最有希望统领天下、建立新王朝的是西楚霸王项羽和汉王刘邦。项羽出身显贵,从小学习兵法,又天生高大威猛,大家都尊称他为"霸王"。而刘邦则非常懂得审时度势,取士用人。慢慢地,项羽的亲信感受到了来自刘邦的威胁,便劝项羽提前下手,在刘邦变得强大之前除掉他。于是他们一同计划了一场鸿门宴,但项羽却心软放走了刘邦。刘邦侥幸逃过了这一劫,回到自己的军营后立即采取行动,准备和项羽一决胜负。

项羽连年行军在外,军队已经非常疲惫,所以他考虑与刘邦议和,商定划界而治,互不相扰。刘邦答应下来,项羽便安心地退到垓下。谁知刘邦却乘机对他发起了进攻,在他的周围设下了十面埋伏。可是项羽勇猛异常,竟然带领十万将士突出了包围圈,回到了楚营里。刘邦于是便又决定使计动摇他们的军心。一天深夜里,刘邦的汉军包围了项羽的军营,悲悲戚戚地唱起了楚军家乡的歌谣。项羽听到十分惊慌,大声问身边的人:"难道汉军已经拿下了楚国吗?为什么这里有这么多的楚国人在唱歌!"军营四面响起的声声楚歌正在软化项羽一方的士气,这位楚霸王知道,今天必须进行最后一战了。于是他告别了心爱的虞姬,拔剑上马,带领壮士们冲出重围。

上千汉军的铁骑一路上对他们围追堵截,等项羽跑到乌江边上时,他的士兵已经所剩无几。乌江亭长划着小船劝项羽快点渡河,回到江东。项羽百感交集,伤心地说:"我曾经战无不胜,如今却一败涂地。这是天要亡我,我过了江又能怎么样呢?当初跟随我的江东子弟成千上万,他们战死沙场,如今只有我一个人活着回去。即使江东父老怜惜我愿意尊我为王,我又有什么脸见他们呢!他们就算不指责我,我的心里又怎么会不惭愧呢!"说完,他下马持刀,与汉军拼命一战,然后自刎而死。著名的楚汉之争最终以汉王刘邦的胜利而告终。

金陵①怀古

[元] 王冕

坏墙幽径草青青，何处园林是旧京？
海气或生山背雨，江潮不到石头城②。
英雄消歇③无人语，形势周遭夕照明。
回首长干④思无限，水风杨柳作秋声。

注释
① 金陵：今南京，江苏省会。
② 石头城：三国孙权所建的用于防御的外城，在此代指金陵。
③ 消歇：消失。
④ 长干：古金陵城的巷子名。

导读赏析

寂寞金陵城

曾经是六朝古都的金陵城，在王冕生活的朝代已经不再是原来的那个样子了。你看，王冕笔下的金陵城是多么的荒芜凄凉呀！

"坏墙幽径草青青"，这首诗开篇撞入我们眼帘的，就是一堵破败的"坏墙"。这堵墙不仅残破，墙边的小路上还长满了荒草。看到这样衰败的景象，诗人不禁问道："何处园林是旧京？"这样破败的金陵城哪里还有往日作为都城时繁华喧闹的影子呢？

接下来诗人将视线拉远，用全景描绘展现金陵城现在的样子。"海气或生山背雨，江潮不到石头城。"唉，不看还好，看了更觉得现在的金陵城寂寞萧条，一片空虚。诗人用"海气"、"山"、"雨"和"江潮"塑造了一个空旷渺远的景象。刘禹锡说"潮打空城寂寞还"，而王冕却说"江潮不到石头城"，比刘禹锡的诗意还要更加凄凉。

下两句"英雄消歇无人语，形势周遭夕照明"的意思是：过去金陵城里的英雄们都已经消失不见了，他们曾经的英雄事迹也随着时间的流逝再没有人提起。现在的金陵城，虽然在傍晚时分还是被四周的夕阳所笼罩，却已经掩饰不住它的衰败之气了。其实，一个城市的消亡，大概不仅仅能在景色的变化上体现出来，还能从人们的心态上体现出来吧。金陵城对于昔日英雄的遗忘，正标志着它离那个充满气势的年代越来越远了。它就像傍晚的太阳一样，正在走下坡路。

最后两句"回首长干思无限，水风杨柳作秋声"写得非常情浓语淡，诗人含蓄地将全诗收尾在了一片清冷的秋色里，但我们读来仍能品到诗人那凄凉的语气中留下的悠长的愁味。

古都南京

趣闻轶事

南京城在历史上曾经是多个朝代的都城，它是中国的"八大古都"之一。春秋末期，越国的范蠡在秦淮河畔建立了越城，那是南京城的开端。到今天，它已经有2500多年的历史了。它是这样的古老而又美丽，吸引着人们去了解这里曾经发生过的故事。我们甚至可以说，在南京城发生过的风风雨雨，就像一部中国历史的缩影。

春秋战国时期的吴越争霸是一件非常著名的历史事件。吴王夫差和越王勾践实力相当，难分高下，互相争斗了许多年。吴国先是趁着自己最强大的时候灭掉了越国，成为了霸主。越王勾践沦为夫差奴仆，回国后他为了报仇，卧薪尝胆，苦熬了十多年。终于在一切准备就绪之后，灭掉了吴国，占据了江南。越王勾践和宰相范蠡看中了南京城当时所在的那块地方，认为它具有极高的军事价值。于是他们就在这里建城，来巩固越国的势力。在此之前，这里一片荒芜，人烟稀少。可是在范蠡建了越城之后，便翻开了这片土地在历史上的崭新一页。

到了汉代末年，三国鼎立，吴国的首领孙权也把都城建在了这里。这时候，南京城的名字叫"建业"。第二年，孙权又在这里修建了用于军事防守的石头城。刘禹锡的著名怀古诗《石头城》，说的就是这里啦。后来，东晋、南朝宋、南朝齐、南朝梁、南朝陈和五代南唐的君主都把这里作为自己国家的都城，它的名字也从"建业"变成了"建康"、"金陵"。到了明代，明太祖朱元璋打着"高筑墙，广积粮"的口号，在南京修建了又高又长的城墙，并且定都在这里。他在南京城里修建了宫殿，当时叫"应天"，而且还第一次把这里称作"南京"。

南京的一个响亮的别称——"金陵"，你一定不陌生吧？在我国古代的许多诗词和小说作品中，都提到过它。比如，南朝诗人谢朓有一首《入朝曲》，开头便说："江南佳丽地，金陵帝王州。"唐代著名诗人李白的诗作《登金陵凤凰台》描绘的也是这里。《桃花扇》里李香君和侯方域的爱情故事就发生在金陵，而《红楼梦》里的大观园也坐落在金陵城里。南京城里有这么多的历史故事，怪不得朱自清先生曾经评价它说："逛南京就像逛古董铺子，到处都有时代的遗痕。"

思乡怀人

西北有高楼

[汉] 佚名

西北有高楼，上与浮云齐。
交疏结绮窗①，阿阁②三重阶。
上有弦歌声，音响一何③悲！
谁能为此曲？无乃④杞梁妻⑤。
清商⑥随风发，中曲⑦正徘徊。
一弹再三叹，慷慨有余哀。
不惜歌者苦，但伤知音⑧稀。
愿为双鸿鹄⑨，奋翅起高飞。

注释

① 交疏结绮窗：雕刻有花格子的窗户。
② 阿（ē）阁：四面有檐的楼阁。
③ 一何：为何，多么。
④ 无乃：莫非，大概。
⑤ 杞梁妻：春秋时齐国大夫杞梁的妻子。杞梁战死，其妻痛哭，哭声哀苦，齐国的城墙因此倒塌。
⑥ 清商：乐曲名，声情悲怨。
⑦ 中曲：乐曲的中段。徘徊：指乐曲旋律回环往复。
⑧ 知音：识曲的人，借指知心的人。
⑨ 鸿鹄：指天鹅。

导读赏析

知音难得

"人生难得一知己"，是说知心朋友很难得。《西北有高楼》就是一首感慨知音难得的古诗。

前四句写高楼，为我们描绘了高楼的雄伟和壮丽：西北那巍峨的高楼仿佛耸入云霄，窗户精雕细刻，亭台屋檐高翘，阶梯重重叠叠，让人不禁感叹，多么华丽啊！然而，这么精致的高楼中却传来凄凉忧伤的曲调，歌曲的悲凉深深地感染了听曲的人，让人不禁猜想：谁在唱着曲子？莫非是哀痛的杞梁妻？只听见"商"声清切忧伤，随风飘扬，"中曲"迂回婉转，仿佛一声声叹息；歌者一弹三叹，琴声慷慨之外还回荡着淡淡的哀伤。诗人的笔调亦虚亦实，实景和猜想相互交织，为我们营造出缥缈的意境。他猜想，高楼上这位歌者，一定是因为没有人懂自己，所以弹奏出来的曲调才会充满了悲凉，这不是和我一样吗？"不惜歌者苦，但伤知音稀。"是说让人伤感的是知己太难得了啊！这既是歌者的感慨，也是诗人的慨叹。诗人借高楼中歌者的哀伤抒发了自己不遇知音的苦闷之情，也道出了一种普通的心声。"愿为双鸿鹄，奋翅起高飞。"如果能遇到惺惺相惜、心心相印的知音，一起互诉心曲、双双高飞该是多么开心啊！

这首诗运用了托物起兴的笔法，先描绘高楼的形貌，再引到音乐，最后表达知音难觅的感慨。整首诗描绘生动，意境缥缈，感情激荡，耐人寻味。

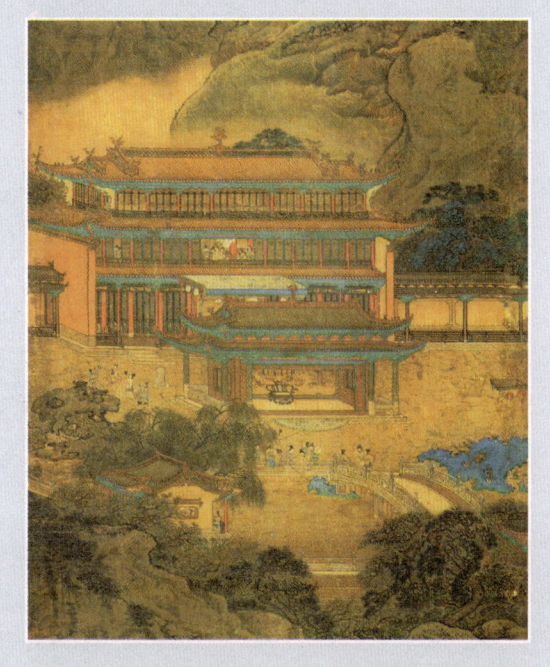

□ 趣闻轶事

高山流水遇知音

相传战国时期有一个名叫俞伯牙的人，很擅长弹琴。

有一次，他奉命出使，却在汉口遇到了大风雨，于是只得将船暂时停靠在岸边。当时正是八月十五中秋之夜，风雨过后，天上现出了一轮圆月，明朗的月光映照着静静的汉水，美景宜人。伯牙心情愉悦，取出琴弹奏起来。

四周一片寂静，只有悠扬的琴声在回荡。突然，"叮"的一声，琴弦断了。只听岸上有个人说道："乡野樵夫，打柴路过这里，听到先生弹琴，忍不住停下来听，惊扰了。"伯牙见他说话斯文有礼，于是客气地回答道："先生既然在这里听琴，想必也精通琴艺吧？"

樵夫答道："精通不敢，只是略知一二，听您刚才的弹奏，琴声雄伟高亢的地方，表达的一定是巍峨的高山吧；琴声舒缓流畅之处，表达的应该是潺湲的流水。"

伯牙弹奏的这首曲子，自创作出来以后就没人听懂过，这个时候，听到一名樵夫竟然说得一点都不差，他真是喜出望外，觉得终于遇到了懂自己的人，于是赶紧请他上船。

原来这人名叫钟子期，伯牙发现，无论弹什么曲子，钟子期都能听懂他想要传达的意思。两人聊得十分投机，离别时他们约好，来年中秋，再到此相聚。

第二年中秋，伯牙又来到了汉水岸边，但没有看到钟子期。他向人打听才知道，原来钟子期已经去世了。死的时候，他嘱托别人，把自己埋在汉水岸边，这样伯牙来的时候，就可以听到他的琴声。伯牙听了十分伤心，他找到钟子期的坟墓，在他墓前为他弹奏了一曲，然后说："钟子期死了，世上再也没有知音了，我还弹琴给谁听呢？"于是把琴摔了个粉碎。从此以后，伯牙再也没有弹过琴。但这个知音相遇的故事却一直流传了下来。

赠范晔①诗

[北朝] 陆凯

折花逢驿使②，
寄与陇头③人。
江南无所有，
聊赠一枝春。

注释

① 范晔：诗人的朋友。字蔚宗，顺阳山阴（今河南淅川县东）人，南朝宋史学家、散文家。
② 驿使：传递公文、书信的人。
③ 陇头：陇山，在今陕西陇县西北。

导读赏析

赠送春天的诗人

古人书信往来，以传达相思之意，有时也会附赠一些物品，来表达特殊的含义。陆凯的这首小诗，便是和一枝梅花一起寄给友人的礼物。诗虽然短小，却十分别致，梅花赠友，更是充满了情趣。

这首小诗的前两句直白平淡，仿佛叙述日常小事。"折花逢驿使，寄与陇头人"，只是简单地点明了事件。诗人与友人远隔千里，难以相聚，因此只能凭借信使来传递问候，诗人自己在攀折梅花的时候恰巧碰到信使，于是就把手中折下来的梅花交给信使，寄给那远在陇山的朋友。诗的语言虽然是直白的，但是情谊却不简单。随手附赠一样东西，朋友就能明白传达的意思，可见诗人与他朋友之间的关系很密切，彼此之间很了解，因此表达友谊可以不拘泥于形式。看到信使便想到友人，想到友人便想到寄送物品来表达自己的感情，可见诗人对朋友的思念也是很殷切的。后两句是全诗的亮点，它用优美的语言、精致的借代，在淡淡的致意中传递出深深的祝福和美好的希望。"江南无所有，聊寄一枝春"，江南没有什么特别的东西，我就暂且将这一枝报春的梅花寄给你吧。"一枝春"是借代的手法，不直接说梅花，而是用报春的梅花来指代整个春天，引人联想。诗人这种高雅的情趣和丰富的想象将读者带入一种美好的气息中，我们仿佛看到，西北陇山友人的面前出现了春光明媚、梅花绽放、鸟语花香的美好图景，而这美好图景带给友人的更是一种生机，一种温暖的希望。可以说，诗人通过寄送梅花，也把诗人心中温暖的春天和美好的希望寄给了友人，这对于西北陇山的友人来说，是最好不过的礼物，友人看到梅花，睹物思人，一定能明白诗人这深厚的友谊和浓浓的祝福。

这首小诗用语虽然简单，但是风格清新自然，富有情趣。细细品味，春的生机及友人的情意如现眼前。

◻ **趣闻轶事**

折梅寄友

陆凯和范晔分别在北朝和南朝的政权中担任官职，当时，南北朝正处于敌对状态。但是陆凯和范晔非常友好，经常书信往来，交流各自对时世的看法和对生活的感悟。

有一次，陆凯正在江南办事，经过一片山林时，见到山岭上的梅花怒放，忍不住上前观赏。站在梅花林中，感受着梅花千树盛开的胜景，觉得生机勃勃，一片春意盎然。此时此刻，陆凯情不自禁地想起了在西北的朋友范晔，想到南北双方仍然敌对，北方依然寒冷，而范晔又因为朝廷的事情正在烦恼，于是很想让范晔也一起感受一下梅花绽放、春天到来的美好。这个时候，正巧有北上送信的驿使经过，陆凯便叫住信使，请他带一封信给朋友。陆凯看着这片梅林，顺手折下了一枝梅花，放在信封里，并写了一首短诗：

折花逢驿使，寄与陇头人。

江南无所有，聊赠一枝春。

江南物产丰富，怎么会没有东西可以寄呢？但是在陆凯眼里，这一枝梅花却代表着春天，代表着希望。范晔收到信拆开一看，发现里面躺着一枝盛开的梅花，还有陆凯写的小诗，顿时明白了陆凯的心，他被陆凯这种清白高洁、理解自己以及盼望统一的精神所感动，不禁潸然泪下。

后来，陆凯折梅寄友的故事被传为佳话，"一枝春"作为梅花的代称，经常被人用来表达思念之情，并在后世发展成了词牌名。

望月怀远①

[唐] 张九龄

海上生明月，天涯共此时。
情人怨遥夜②，竟夕③起相思。
灭烛怜④光满，披衣觉露滋。
不堪盈手⑤赠，还寝梦佳期⑥。

注释
① 怀远：怀念远方的亲人。
② 情人：多情的人，指作者自己。遥夜：长夜。
③ 竟夕：终夜，通宵。
④ 怜：爱惜。
⑤ 盈手：满手。
⑥ 佳期：相见的美好时光。

导读赏析

明月寄相思

诗人总是借助月亮表达对远方他人的思念和祝福，张九龄的《望月怀远》就是其中的佳作，这首诗意境雄浑，语言自然天成，情意缠绵清新，余韵不绝。

首联情景交融，写得十分开阔，壮丽无比。"海上生明月，天涯共此时"，诗人起句写景，次句寄情，用自然的语言，为我们展现出了一派动人的景象：一轮明月从辽阔无边的大海上冉冉升起，勾起人的思念，让人想起，远隔天涯的亲友，此时此刻也正望着同一轮明月，思念自己吧。

颔联"情人怨遥夜，竟夕起相思"，详细地说思念的人怨恨着漫漫的长夜，终夜无眠，为我们展现了多情人因为思念而辗转难眠的情态，"怨"字生动地表现出多情人深沉的感情。

颈联"灭烛怜光满，披衣觉露滋"，是说诗人熄灭烛火之后，觉得月光普照，十分可爱，于是披衣出门，对月凝思，直到露水沾湿了衣裳。这两句写出了诗人因为思念而难眠，又披衣出门，对月思念的情景。看似赏月，实际上是思念，"怜"字更体现出诗人如痴如醉的多情人形象。

尾联"不堪盈手赠，还寝梦佳期"，写思念远人却不能相见，有将月赠人的想法却不能实现，无可奈何，只能回屋就寝，希望能在梦里相聚。其实就算渴望相聚，梦中也不一定能实现这个想法，诗人对梦的期待只是进一步反映出诗人对于远方亲友的深挚感情，读来十分感人。

趣闻轶事

千古贤相张九龄

张九龄是唐代有名的诗人，他才智过人，举止优雅，风度翩翩，被誉为"岭南第一人"。

同时，张九龄还是一位气度不凡、颇有远见卓识的政治家。他担任宰相的时候，总是秉公守直，刚正不阿，敢于进谏。

唐玄宗在位的时间已经很久了，所以对朝廷的事务有些松懈，张九龄每次见皇上，都能把朝廷的得失说出来，并时不时地提醒皇帝。当时，李林甫也是朝廷大臣，但他不学无术，看到张九龄才华和品行过人，又被皇帝赏识，心里特别嫉妒，一直想找机会暗算张九龄。有一次议事的时候，皇帝提出了任命牛仙客为知政事的想法，张九龄觉得不妥当，于是向皇上进谏，反对任命牛仙客，惹得皇帝很不高兴。李林甫看到张九龄和皇帝发生了矛盾，乘机向皇帝进谗言，极力推荐牛仙客，还说了不少张九龄的坏话。皇帝虽然很认可张九龄的为人，但是这时正与张九龄有不和之处，于是觉得李林甫说得很有道理。李林甫三番两次地怂恿皇帝，最后，皇帝罢免了张九龄的宰相职位。张九龄走的时候，李林甫在他面前挖苦他，张九龄并不在意，依旧神态自若，风度翩翩，旁边的人都被他这种气度感染了。

张九龄虽然被罢免了，但是他的能力和品格却给皇帝留下了深刻的印象。后来大臣每次向皇帝举荐新人的时候，皇帝都会问："才华怎么样？品格和风度比得上张九龄吗？"

张九龄在朝廷任职的20年里，一直刚直不阿、清正廉洁、朴实为民，是唐代有名的贤相，他的风采和气度也一直为后世所景仰。

回乡偶书①

[唐] 贺知章

少小离家老大回②,
乡音③无改鬓毛衰④。
儿童相见不相识⑤,
笑问客从何处来。

注释

① 偶书:随便写的诗。
② 少小离家:贺知章37岁中进士,在此以前就离开家乡。老大:年纪大了。贺知章回乡时已年过80岁。
③ 乡音:家乡的口音。
④ 鬓毛衰(cuī):老年人须发稀疏变白。
⑤ 不相识:不认识我。

久别重逢

□ 导读赏析

萨克斯演奏家肯尼·基演奏的《回家》,旋律优美,给人无限美好的遐想和向往,感染了全世界的人。然而,诗人贺知章重回家乡却是另外一种感觉,让我们一起体会诗人《回乡偶书》中的感情。

在前两句中,诗人描绘了一幅自画像,透出诗人的感怀。"少小离家老大回,乡音无改鬓毛衰。"当年年轻气盛,风华正茂,为了追求理想,离开家乡;多年过去,虽然家乡的口音还保留着,却已经是两鬓斑白。当年英姿勃发的形象已经变成了七老八十的老头形象,这样的经历和变化,让诗人的心情久久不能平静,这两句看似平淡,却蕴含着诗人无限的感慨。诗人通过"少小"和"老大","离"和"回",还有乡音不变和头发变白的对比写出了离乡数十年的事实,暗含着时光流逝、人事变迁的感伤。

诗人对故乡是熟悉的,但是故乡对诗人却有点陌生了,第三、第四句正是描写了这种久别重逢的陌生感。"儿童相见不相识,笑问客从何处来",村里的儿童看到回家的诗人,觉得很陌生,于是笑着问他,是从哪儿来的。儿童笑问诗人从哪儿来,仿佛一个有趣的电影情节,充满了戏剧感。但是,这一问却让诗人觉得无限的惆怅,自己本来是本地人,却被小孩当成外来客,可以说是哭笑不得。诗人描写的这个戏剧性的小场景充满了生活情趣,却也隐藏着诗人的感慨和忧愁。

这一首久居他乡、重回故里的感怀诗,写出了诗人久居他乡后回到故乡的陌生感,也写出了久别重逢后对故乡的亲切感,画面亲切,意味深长,让人回味无穷。

趣闻轶事

金龟换美酒

贺知章酷爱饮酒，性格豪爽，喜欢谈笑，又慧眼识人，当时很多人都很仰慕他。

唐天宝年间，诗人李白来到京城长安。第一次到长安，他一个朋友也没有，于是独自住在一个小旅馆中。

有一次，他去一个著名的道观游览，意外地碰到了当时有名的诗人贺知章。贺知章很早就读过李白写的诗，觉得他的诗豪放飘逸，十分喜欢。这次居然在道观中偶然相逢，心里有说不出的高兴，于是亲切地和李白交谈起来，一聊才发现李白为人也十分爽快，真让他有一种找到知己的感觉。贺知章询问李白有没有新作，李白拿出自己刚写的《蜀道难》，贺知章一口气读完，觉得写得太好了，他对着李白说："真是绝妙啊，看样子，你真是天上文曲星下凡啊！"

两人越聊越投机，贺知章提出去酒店，边喝酒边聊天。刚到酒店坐下，贺知章发现自己这次出来并没有带钱。他想了想，就把腰间的金龟袋解了下来，作为酒钱。金龟袋是当时官员的一种重要配饰，象征着官员的身份。李白阻拦道："使不得，这是皇上赐给你的佩饰，怎么好用来换酒喝呢？"贺知章一听，开怀大笑："这算得了什么呢？正所谓'千金易得，知己难求'，就让咱们喝个痛快！"于是两人开怀畅饮，直到微醉才告别回去。

后来，贺知章向皇帝推荐李白，皇帝也早就听说了李白的大名，于是就任命李白为翰林待诏。贺知章金龟换酒的故事也在后代传为佳话。

月夜忆舍弟①

[唐] 杜甫

戍鼓②断人行③,边秋④一雁声。
露从今夜白⑤,月是故乡明。
有弟皆分散,无家问死生。
寄书长⑥不达⑦,况乃⑧未休兵⑨。

注释

① 舍弟:谦称自己的弟弟。
② 戍鼓:戍楼上的更鼓。戍(shù),驻防。
③ 断人行:指鼓声响起后,就开始禁止行人通行。
④ 边秋:边塞的秋天。
⑤ 露从今夜白:指在节气"白露"的一个夜晚。
⑥ 长:一直,老是。
⑦ 达:到。
⑧ 况乃:何况是。
⑨ 未休兵:战争还没有结束。

导读赏析

亲人离散的哀痛

你最伤心的事情是什么呢?对于诗人杜甫来说,最让他伤心的是战争不断,亲人离散,生死难料。这首诗就表达了诗人的这种伤痛之情。

首联写景,为我们描绘了一幅边塞秋天凄凉萧瑟的图景:"戍鼓断人行,边秋一雁声。"戍楼上的更鼓声隔断了人们的来往,边塞的秋天里,一只孤雁正在鸣叫。诗人所见所闻是一片凄凉景象,这种景象也映衬着诗人悲凉的心情。

颔联借明月表达了诗人的思念之情。"露从今夜白,月是故乡明",在白露节气的夜晚,天上明月皎洁,可是却没有我故乡的明月那么明亮。其实天下本来只有一轮月亮,各地本来是没有差别的,然而,由于诗人对故乡的感情很深,所以觉得故乡的月亮是最明亮的。这一句是通过写月明,含蓄地透露出诗人对故乡的思念。其实,家乡除了明月,还有那骨肉相连的亲人,所以明月也引出了诗人对弟弟的"忆"。

最后两联,诗人由写景转入抒情,诗人由月明,不自觉地想起了自己的亲人。但是在战争中亲人离散,不知生死,不禁感慨万千,十分伤感。"有弟皆分散,无家问死生",这两句说战争中兄弟离散,已经无家可归,亲人生死难卜。诗人的遭遇十分艰难,因此诗句语气沉痛,十分感人。"寄书长不达,况乃未休兵",紧接着上两句抒情,进一步抒发了内心的伤痛和忧虑。亲人们颠沛流离,平时寄出的书信总是不能到达,更何况是战争频繁的时候呢。诗人用自己深刻的体会,表达了对亲人生死难料的哀痛,蕴含着复杂的感情。

整首诗笼罩着一种凄凉沉痛的氛围,让我们感受到诗人对弟弟的无限思念,对亲人离散、生死未卜的无限哀痛和对战争的厌恶,感人至深。

趣闻轶事

"野无遗贤"

公元747年，唐玄宗下诏，凡是通晓一项技艺的人都可以到京城应试。满腹经纶的杜甫觉得施展才华的机会到了，于是便去参加考试。

当时唐玄宗任用李林甫为宰相，但他是个口蜜腹剑的小人，他自己不学无术，没有一点才华，却阴险奸诈，妒忌有才能的贤士。这一次，皇帝亲自下诏，让天下人都去应试，李林甫感到非常惊慌，他很害怕有才干的人进入朝廷，影响他在朝廷中的权势。于是，李林甫想了个办法，暗中指使主考官，一个人也别录取。

考试结束后，唐玄宗见一个人也没有考上，觉得很奇怪。李林甫对皇帝说："皇上英明，野无遗贤。"明明是他暗中捣鬼，他却对皇帝说，是皇帝英明无比，天下有才干的贤人都已经进入朝廷得到皇帝的任用了。唐玄宗听了十分高兴，以为真的是天下贤人都已任用，因此也就没有多追究。

其实，很多有才能的人都在考试的队伍里，杜甫就是其中一个。这是杜甫第二次落第，杜甫不明白为什么自己这么有才华，又有报效国家的志向，却还是没有被录取。

杜甫落第后，在长安辗转了十年，勉强当了一些小官。在这十年里，他看到了许多腐朽的事情，也认识到了贫苦百姓的苦难生活，写出了很多揭露统治阶级的诗歌，"朱门酒肉臭，路有冻死骨"就是家喻户晓的警句。

杂诗

[唐] 王维

君自故乡来，
应知故乡事。
来日①绮窗②前，
寒梅著花③未？

注释
① 来日：来的那一天。
② 绮窗：雕刻有花纹的窗户。
③ 著（zhuó）花：开花。

导读赏析

不问人事却问花

想必你一定听过很多耐人寻味的故事，唐代著名大诗人王维写的这首《杂诗》也在这种情况之列。

前两句"君自故乡来，应知故乡事"，用非常质朴的语言表现出主人公见到故乡熟人的动作和心理。他身在异乡，见到故乡熟人十分高兴，仿佛急不可耐地想从这个熟人口里知道故乡的一切事情。"应知"是一种不敢断定的肯定，正好是主人公异常思念家乡的表现。然而，主人公却想法过多，关于家乡的一切都想知道，一句话问不尽家乡的所有情况，以至于不知该从何问起。情急之下，主人公脱口而出，问了一句似乎无关紧要的话："来日绮窗前，寒梅著花未？"你来的那一天，看到我家窗前的寒梅开花了吗？这句话看似无关紧要，实际上却至关重要。因为想问的太多，主人公于是把有关家乡的一切都凝聚到平凡而细微的事物上。窗前的这株梅花，一定是跟自己在故乡的生活有着十分紧密的联系，以至于诗人一想起故乡的事情就浮现出梅花的场面，所以诗人才会脱口而出。

询问梅花正是询问家乡的意思，却比一件一件询问家乡的事情更有感染力，在这里，梅花成为了家乡的代表，家乡也就随着梅花变得诗意起来；而脱口而出询问梅花的有趣场景，则活泼又俏皮地表现出主人公关心家乡、思念家乡的感情，这不得不让人佩服王维诗意而又灵动的艺术手法。

趣闻轶事

赵威后问齐使

战国时,齐襄王派遣使者到赵国去问候赵威后。接待使者的大殿之上,赵威后手里的国书还没来得及打开,就先开口问使者:"你们国家今年的收成怎么样?百姓过得还好吗?大王身体无恙吧?"使者听到这些后,心里有些不高兴,回答道:"臣奉我们大王的命令来问候您,如今您却不问大王的情况而先问国家收成和百姓的状况,岂不是把低贱的放在前面,而把我们尊贵的国君放在后头了吗?"赵威后听后并不生气,而是慢慢回答道:"不是你想的这样。你想想,如果没有收成,百姓靠什么生活呢?如果没有百姓,又哪里来的君主呢?所以,收成才是最重要的,哪有舍本而问末的呢?"

赵威后接着又问:"你们齐国有一位隐士叫钟离子,他还好吗?他这个人,主张有粮食的人要让他们有饭吃,没有粮食的也要让他们有饭吃,有衣服穿的人要让他们穿得暖,没有衣服的人也要让他们能穿上衣服,这是在帮助你们大王养活百姓,为什么他到现在还没有做官得到重用呢?另一位隐士叶阳子过得怎么样呢?他这个人喜欢怜悯鳏寡孤独、老弱病残的人,救济穷困的人,这也算是替你们大王让百姓得以繁衍,为何至今也还没有得到重用呢?北宫家的女儿婴子还好吗?她摘掉首饰,至今没有嫁人,一心奉养父母,用孝道来为百姓做表率,为什么到现在也没有受到朝廷的表彰呢?这样贤能的隐士没有得到重用,这样有孝道的女子没有得到表彰,齐国凭借什么来使国家兴旺呢?於陵(今山东邹平东南)的仲子现在还在世吗?他上对君王不敬,下对百姓不良,又不和诸侯交往,这是在引导百姓向无所事事的方向走呀,为什么到现在还没有处死他呢?"

次北固山下①

[唐] 王湾

客路青山外，行舟绿水前。
潮平两岸阔，风正②一帆悬。
海日生残夜③，江春④入旧年。
乡书⑤何处达，归雁⑥洛阳边。

注释

① 次：停住，停泊。北固山：在今江苏镇江，临水而立。
② 正：直立悬挂的样子。
③ 海日：海上的太阳。生：升起。残夜：黑夜即将结束的时候。
④ 江春：江上的春天。
⑤ 乡书：家书，家信。
⑥ 归雁：春天飞回北方的大雁。

导读赏析

游子的乡愁

北方的游子常常骑马远征塞外，而南方的游子则常常坐船行走水路。诗人王湾一生中经常往来于吴楚两地之间，所以多是沿江而行。这首诗就是他在这一年的冬末春初，泊船在北固山下时所作的。

"客路青山外，行舟绿水前"，首联两句简单平直，叙述了诗人正在客旅途中，经过青山，此时小驻江上，停泊在绿水之间的创作背景。紧接着，诗人在下一联中描写了眼下的景色。潮水涨起与两岸齐平，连成一片。远远望去，视野一下子变得开阔起来。而江中的客船则扬起船帆，接受风的推动。其中，"平"与"阔"相对，"正"与"悬"相对。这两组词既是并列关系，又是递进关系。虽然都是在描写事物的状态，可你想想看，如果潮水不平，河岸又怎么能显得宽阔呢？如果风向不正，船帆又怎么能直直地立起呢？而这一联更为巧妙的地方在于，上一句诗人刚刚把读者的目光引向远方，感受了宽广的江面；下一句诗人就把视线聚焦在自己的船上，通过高高悬起的船帆再一次表现潮风之"正"。

颈联中诗人则书写了海上日出和江上春意这两样景色。当黑夜还有所残留，一轮红日却已经从海面上冉冉升起。虽然农历的新年还没有到来，但是江上已经提前袭来了阵阵春意。日出代表新的一天的开始，而春天则代表新的一年的到来。这样的时序交替让诗人更生出在外游历的乡愁。一天一天，一年一年，不知何时才能回家陪伴亲人啊！诗人不禁触景生情，感到心酸。于是便把这股思念寄托给了大雁。春天来了大雁也要飞回北方，雁足传书，那么想必那些给家里的书信也就能被带到洛阳了吧！

这首诗的语言清新自然，既为读者呈现了优美的景物，又栩栩如生地刻画出了游子的乡愁。

博学的江中才子

> 趣闻轶事

王湾是唐代有名的诗人，除擅长写诗外，还特别博学。唐玄宗在位的时候，朝廷召集一批博学有才的人，整理宫廷中大量的典籍。到唐代，历史上积累下来的典籍已经浩如烟海了，没有巨大的知识储备是不能胜任这份工作的。王湾就是当时入选的一位。他和同伴们一起，经过了十来年艰苦的整理，把唐代以前的诗文集进行了有序的编辑和校订，为后来的人提供了很多方便，自己也因为这项工作获得了皇帝的奖赏。

其实，王湾的诗名在这之前就已经很响亮了。他经常往来于吴楚之间，被江南秀丽的风景所吸引，于是在行船途中写下了不少清丽的诗句，歌咏江南。虽然留存下来的并不是很多，但《次北固山下》脍炙人口，非常著名。尤其是其中"海日生残夜，江春入旧年"这两句，一出来就被无数人追捧。当时的宰相张说还亲自把这两句诗题在自己办公的大堂匾额上，每当读书人来，他就把这两句给他们看，并告诉他们，写诗就要以这两句为榜样。

王湾本人志趣高远，他的诗歌也清新明朗，气象高远。所以有人说，只要见过王湾的人，无不被他的为人和诗深深吸引。

枫桥夜泊①

[唐] 张继

月落乌啼霜满天，
江枫②渔火对愁眠。
姑苏③城外寒山寺④，
夜半⑤钟声到客船。

注释

① 枫桥：地名，在今江苏苏州市内。泊：停船。
② 江枫：指江边的枫树。
③ 姑苏：古时对苏州的别称。
④ 寒山寺：地名，在今江苏苏州市内。
⑤ 夜半：半夜。寺庙有在半夜敲钟提示时间的习俗。

导读赏析

今夜无人入眠

在人才辈出的唐代，张继虽然称不上诗坛大家，但是他的这首《枫桥夜泊》却脍炙人口，并且传诵至今。这首诗虽然只是一首绝句，但是妙在诗人对身边景物的感知能力。他将这些景物作为意象入诗，轻松营造出了一种客居他乡孤独无依的清冷氛围，引人入胜。

"月落乌啼霜满天，江枫渔火对愁眠。"入秋之后，白天越来越短，黑夜越来越长。当月亮落下，只剩漆黑一片。夜里的霜气浓重，让人觉得非常寒冷。乌鸦到了晚上也飞回巢穴，它们凄凉的啼叫声更让诗人难过。面对如此漫漫长夜，孤独的游子该如何度过呢？可怜他们满腔愁绪，无法入睡。"江枫渔火对愁眠"一句写得非常巧妙。近处是江岸上的枫树，远处是船上的渔火，诗人自己对着这"江枫渔火"却难以成眠呢，而诗人却在叙述时隐去了自己，只说"对愁眠"。愁是一种情绪，又如何与它相对呢？在这里，诗人以虚写代实写，描绘了自己心绪难平，只得与忧愁相伴而眠的情景。

就在这样寂寞寒冷的半夜，从远处传来了寒山寺的钟声。它悠远的清音划破一片沉寂，更加反衬出了秋夜的凄清。诗人将视觉上的落月、寒霜、枫桥、渔火，和听觉上的乌啼与钟声交融呈现，有力地烘托出诗人的一片愁闷之情，可谓情景交融，相得益彰。这首诗的语言如此之美，后来还被改编为歌曲《涛声依旧》的歌词了呢！

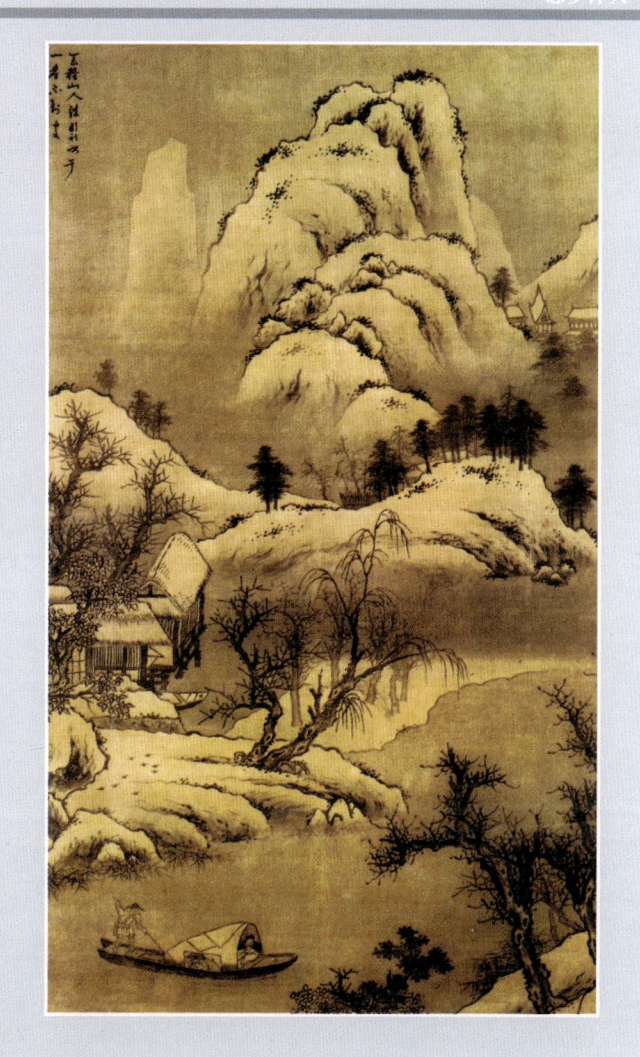

趣闻轶事

寒山寺的由来

相传，寒山寺的原名叫国清寺，它之所以被后人称作"寒山寺"，是因为唐代一名叫寒山的僧人。这名僧人为了参悟佛理而游走四方，到各地去修行。一次，他来到了山清水秀的姑苏城，发现了这座清幽雅致的寺庙，于是便在这里住下。他平时放浪形骸，不拘小节，一不小心就得罪了寺里的许多人，大家都不喜欢他。可是不管人们怎样呵斥他，驱赶他，他都不在意，只是笑呵呵地退到一边去。

这座寺里还有一名专管烧火做饭的僧人，叫拾得，他私下里旁观寒山，觉得他与众不同，非常欣赏他。于是，每当众僧用过饭后，拾得就把余下的剩菜留给寒山吃。两个人性格相似，惺惺相惜，渐渐成为能够一起研讨佛理的朋友。寒山曾经问拾得："世间谤我、欺我、辱我、笑我、轻我、贱我、恶我、骗我，如何处治乎？"拾得回答说："只是忍他、让他、由他、避他、耐他、敬他、不要理他，再待几年，你且看他。"他们的智慧过于常人，于是大家尊称他们为文殊菩萨与普贤菩萨。

读故事赏古诗

问刘十九①

[唐] 白居易

绿蚁②新醅③酒,
红泥小火炉。
晚来天欲雪④,
能饮一杯无?

注释

① 刘十九：白居易的朋友。
② 绿蚁：指新酿的酒在没有过滤时表面的绿色浮沫。
③ 醅(pēi)：酿酒。
④ 雪(xuě)：动词，下雪。

导读赏析

围炉夜话

在寒冷漫长的冬夜，什么活动最能温暖人心呢？大概没有比与亲朋好友在温暖的屋子里把酒言欢更惬意的事情了吧！白居易在这首诗中，就用平易近人的语言为读者描述了这样的一个生活场景。

首先，诗人在一开始，就端出了这幕场景的主要道具——酒。这可不是普通的酒哦，而是诗人亲自酿造，刚刚酿好的酒。这酒还没来得及过滤，淡绿色的泡沫浮在表面就像小蚂蚁一样。虽然手艺粗疏，却恰如其分地给人一种亲切感。"绿蚁新醅酒"这一句将这杯酒的颜色和质感描画得多么传神啊！"红泥小火炉"五个字将面前的小火炉刻画得非常小巧可爱。而且这火炉虽小，火却烧得旺盛。用来烧制火炉的泥土又是红色的，更让这幅画面显得暖融融的了。

有新酿的绿酒，有烧得火热的小红炉，在这样的情境中与好朋友在一起，是多么的欢乐啊！何况"晚来天欲雪"呢？诗人说："看样子今晚要下雪了，一个人多么孤冷无聊啊，亲爱的朋友你要不要到我这里来，和我一起喝杯酒呢？"这样生活化的语言让全诗显得更加轻快俏皮，有声有色了！可以说，完全就是诗人真性情的表现呢！

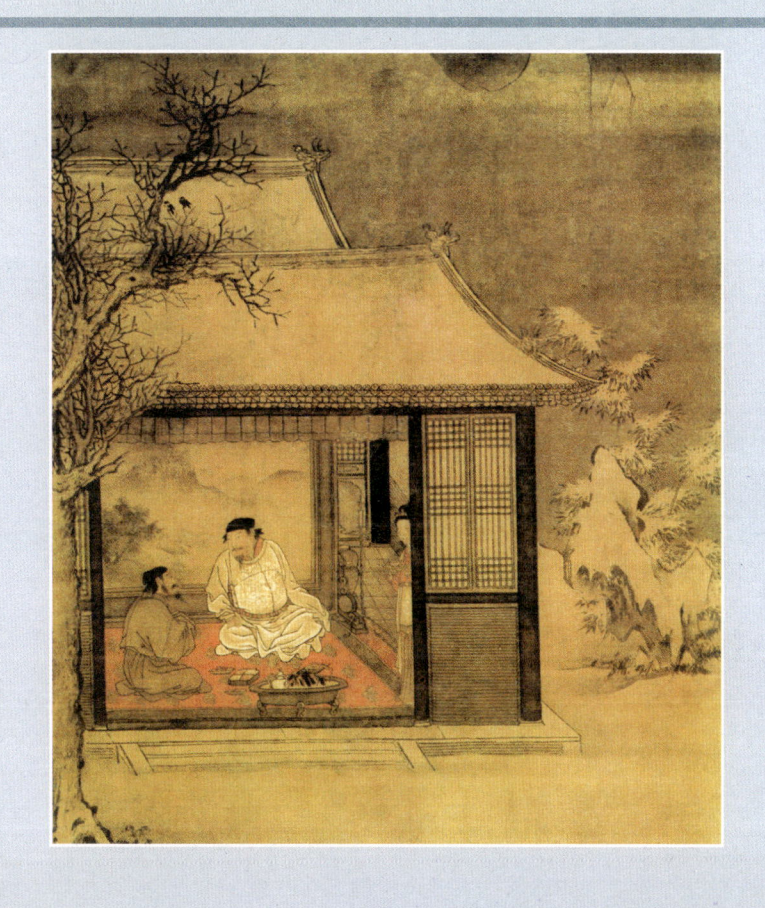

趣闻轶事

杜康造酒的故事

白居易在《问刘十九》这首诗中,提到了用自己家酿的新酒来招待朋友的事情。

据考古学家发现,在很早很早以前,当我们的祖先还在用陶土烧制器皿的时候,他们就已经尝到了酒的味道!我国最早的诗歌总集《诗经》中有这样的句子:"十月获稻,为此春酒",这说明当时的人民已经掌握了酿酒的方法。

那么,酒到底是谁发明的呢?传说是杜康。杜康是我国上古时期黄帝的子民,他负责看管国家的粮仓。有一天,被雨淋过的粮仓发出了阵阵香气,引来了许多的小动物。杜康非常好奇是什么发出了这样诱人的香气,于是就走进粮仓查看。他发现,储存在粮仓里的粮食,经过风吹日晒已经发酵了,正滴滴答答地渗出许多液体。他凑过去一闻,发现正是这些液体散发出了香味。再尝上一口,又发觉这些液体别有一番冷冽的清香。这种粮食发酵的香味吸引他反复地品尝,却没想到这液体导致他头脑渐渐发晕,最后竟然喝醉睡着了。

当他醒来的时候,他意识到这些液体可能会成为一种非常流行的饮料,于是就呈献给了黄帝。黄帝尝过之后却觉得还不够美味,于是就叫杜康再把这些液体加以改进,为大家制作出可口的饮料来。杜康经过反复研究和酿造,最终制作出了好喝的米酒来。黄帝非常高兴,便叫大臣仓颉为这种饮料起一个名字,从此,"酒"就在中华大地流传开了。

夜雨寄北

[唐] 李商隐

君①问归期未有期，
巴山②夜雨涨秋池。
何当共剪③西窗烛，
却④话巴山夜雨时。

注释
① 君：古时对人的敬称。
② 巴山：地名，在今四川省内。
③ 剪：古代用烛火照明，为了使烛光更亮，需要适时修剪烛芯。
④ 却：再。

导读赏析

秋窗风雨夕

李商隐曾经写过许多抒情的诗歌，大多风格华丽，含义深奥。而这首诗虽然也是抒发他的怀人之情，却是语浅意深，朗朗上口。当时李商隐人在巴蜀地区，想要回家却不巧碰到了秋雨大作。蜀道艰难，于是他只好暂时滞留在巴山附近。他虽然想念家乡的亲人，却也不知道到底何时能够回家，于是便写下了这首诗寄给他的妻子。

诗的前两句首先叙述了事情的起因。"君问归期未有期，巴山夜雨涨秋池。"对于妻子急切的期盼，诗人无奈地表示自己还不能定下回去的日期。因为今晚巴山一带下起了大雨，雨水涨满了秋池。回家的路被堵塞，自己不得不在这里滞留避一避。无情的暴雨就这样阻隔了两颗互相惦念的心，让他们只能默默地盼望着雨快快停下来。

诗的后两句"何当共剪西窗烛,却话巴山夜雨时"写出了诗人的心愿:我什么时候才能再和你相聚,共同修剪掉西窗下蜡烛的烛芯呢?到了那个时候,让我再向你讲述我今夜的心情吧!借着诗人的畅想,我们仿佛已经能预见到未来的样子了。虽然今夜诗人面对大雨,只能独自剪掉烛芯;但是总有一天,他能够实现与家人团聚在一起闲话家常的愿望。这样两种截然不同的情景的对比,更加突出地表达了诗人渴望回家的急切心情,传达了他对亲人的思念之情。

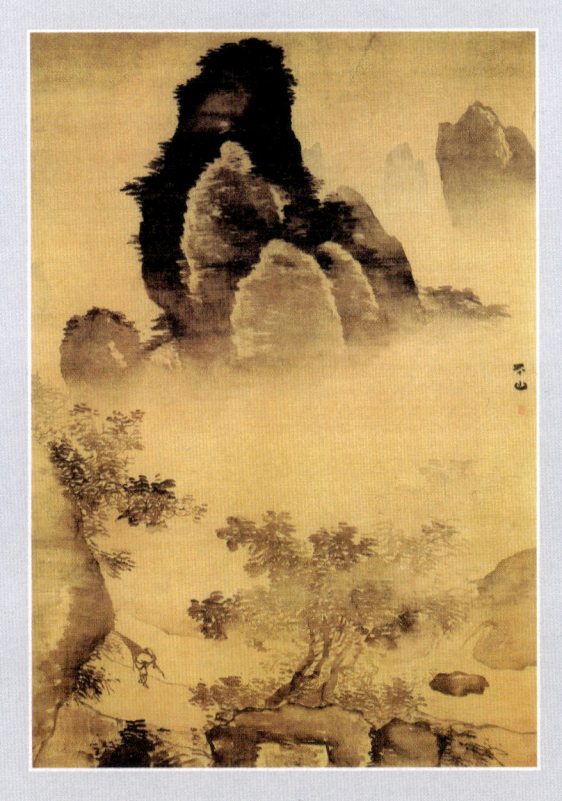

▣ 趣闻轶事
陷于党派之争的李商隐

在李商隐生活的那个时期,唐代有两个权力很大的党派相互抗衡,一个称作李党,一个称作牛党。李商隐因为文章写得很好,所以得到了牛党中的官员令狐绹的赞誉。令狐绹鼓励他去参加科举考试,李商隐凭借自己的才华很快就考中了进士。在所有的应试考生中,李商隐是最出类拔萃的一个。这时,李党的王茂元听说了,也慕名来访。在与李商隐交往的过程中,他发现这个年轻人真是个可塑之才,前途不可限量,于是就把自己喜爱的小女儿嫁给了李商隐。这件事传到了令狐绹的耳朵里,让他十分伤心。他恼恨李商隐背叛了他,投到了敌党门下。于是他对李商隐的态度来了一个一百八十度的大转弯,不仅不再优待他,而且在官场上处处排挤、打压李商隐。

不久以后,李商隐的老丈人王茂元去世,而令狐绹却升了官。李商隐的仕途变得更加艰难,他一直都不能做自己想做的工作,还常常要被调去很远的地方当差,与家中的妻子相隔两地。这一年,李商隐已经36岁。一个李党的官员非常欣赏他,问他愿不愿意跟着他到广西去做幕僚。李商隐感到机不可失,于是愉快地接受了他的邀请。要去那么遥远的地方上任,家人对他自然是十分舍不得,李商隐的妻子更是难过。她既担心夫君在外远行的生活,又为他们的分别感到伤心,所以只能默默地祈祷,希望他早点回来。

李商隐到了广西之后,得到了李党官员的器重,把许多重要的事情都交给他去办。虽然四处奔波有些辛苦,但是李商隐甘之如饴,他希望能好好地发挥自己的才华。然而意想不到的事情发生了,曾经对他怀恨在心的令狐绹趁着牛党的势力越变越大,对李党的官员进行了强力的打击。李商隐刚刚有了依靠,就遭到这样的变故,前途受到了阻挠。伤心不已的李商隐只好重新踏上征程,寻找新的机遇。远游的路上风雨交加,他孤身一人漂泊无依。就在这时,他收到了妻子的家书,询问他何时才能回家团聚。李商隐触景伤情,想到家人对他的惦念和期盼,又想到自己这一番遭遇,于是情不自禁写下了这首《夜雨寄北》答复他的亲人。

商山①早行

[唐] 温庭筠

晨起动征铎②，客行悲故乡。
鸡声茅店③月，人迹板桥霜。
槲④叶落山路，枳⑤花照驿墙⑥。
因思杜陵⑦梦，凫雁⑧满回塘⑨。

注释

① 商山：地名，在今陕西商洛市内。
② 征铎（duó）：征，指行走中的车马。铎，指挂在马脖子上的铃铛。
③ 茅店：茅草屋顶的客店。
④ 槲（hú）：一种乔木，春天新芽长出时旧叶凋落。
⑤ 枳（zhǐ）：一种植物，开白色的小花。
⑥ 驿墙：驿站的墙壁。
⑦ 杜陵：地名，在古代长安城南，在此代指长安。
⑧ 凫（fú）雁：凫是野鸭，雁是大雁，都是候鸟。
⑨ 回塘：弯曲环绕的池塘。

导读赏析

起早赶路忙

古时候，没有彻夜照明的路灯，晚上赶路的话会不太安全，所以游子们总是趁天黑之前投宿旅店。然后为了争取多一点的时间赶路，游子们又总在一大早太阳没升起来之前就出门了。这首诗就通过描述诗人早行的场景反映了游子们在外游历的辛苦，突出了他们对家乡生活的思念。

诗的首联紧扣主题，写出了早行的感觉。清晨动身，诗人乘坐车马踏上了征途。周围还是十分清寂，可是游子们车马上的铃铛已经繁忙地响起来了。铃声的响起表示他们已经开始了一天的路程，诗人禁不住悲叹起这种漂泊他乡的辛苦生活，他是多么想念自己的故乡。

颔联和颈联则是围绕着一大早商山的山路展开景色描写。"鸡声茅店月，人迹板桥霜"一句堪称全诗的诗眼，历来为人所称颂。诗人在不加任何形容修饰的情况下，通过鸡、声、茅、店、月、人、迹、板、桥、霜这十个名词的拼接，简明而不简单地展现出了一幕经典的游子早行图。黎明之前，公鸡啼叫，客店的茅草顶笼罩在晓月的余晖之中。此时的人迹还十分稀疏，板桥上还落着厚重的冰霜。此时诗人已经在路上了。

接着在尾联中，诗人就描写了路上的景色。这一路上都铺满了凋落的槲树叶，白色的枳树花绽开在路边驿站的墙边。看到槲叶和枳花的诗人突然想起春天已经来到了。昨天晚上自己还曾梦见故乡的春天。那里池塘的水已经变暖，有许多野鸭和大雁在其中嬉戏，真叫人向往！诗人用尾联"因思杜陵梦，凫雁满回塘"再一次与首联的"客行悲故乡"相呼应，使全诗情景交融，更为完整和统一。

趣闻轶事

聪明反被聪明误

温庭筠有一个外号叫"温八叉",这是什么意思呢?原来是因为他天生才思敏捷,写起诗来毫不费力。传说他只要叉八次手的工夫,就能作出一首诗。

温庭筠的才学如此之高,难免让他变得有些骄傲。当朝的宰相令狐绹曾经十分欣赏他的作品,令狐绹允许他自由出入自己的书馆,还给他优厚的待遇。可是温庭筠并不感念这位宰相的恩情,仍旧骄傲自大。

还有一次,令狐绹问他知不知道"玉条脱"这个典故。温庭筠趾高气扬地说:"这个典故就出自《南华经》啊!这可不是什么生僻的书。宰相大人您在治理国家之余,也应该时不时多读点儿古书啊!"温庭筠的一番话让令狐绹十分难堪,只好讪讪地一笑。谁知道温庭筠并没有体会到令狐绹的感受,在往后的日子里还时不时地讥笑他没有学问。令狐绹终于无法忍耐,渐渐地疏远了温庭筠。这时候,温庭筠才知道悔恨,叹息说:"早知道会这样,我宁可当初没读过那点《南华经》啊!"

温庭筠的一生都因为过于恃才傲物而错过许多好机会。他身边的人因为他的骄傲而不愿意睬他,而皇帝更因为他目无下尘也一直不肯重用他。可见,一个人的才华虽然重要,但他的德行更为重要啊!

沈园①

[宋]陆游

城上斜阳②画角③哀，
沈园非复旧池台。
伤心桥下春波绿，
曾是惊鸿照影④来。

注释

① 沈园：园林的名字，在今浙江绍兴市内。陆游与唐婉分手后，曾在此偶然重逢。
② 斜阳：傍晚西斜的太阳。
③ 画角：古乐器，声音哀婉动人。
④ 惊鸿照影：化用三国诗人曹植《洛神赋》中的"翩若惊鸿"一句，形容美人如仙女般婀娜美丽的身影。

导读赏析

凄美的爱情悲剧

我国古代流传着许多经典的爱情故事，南宋诗人陆游与他的妻子唐婉之间的凄美爱情悲剧就是其中之一。他们分手后，有一次，陆游在沈园碰到了分别多时的唐婉，然而在这次重逢后的不久唐婉便生病去世。现在陆游又重新来到沈园，想起以前的时光，情难自已，于是写下了这首深情的诗。

"城上斜阳画角哀"，诗人在开篇用斜阳和画角作为沈园的背景。夕阳西下，余晖洒在沈园的墙壁上。画角声声，吹奏着悲伤的旋律。诗人的心中本来就充满了对故人的思念，又听到画角的声音，怎么能不"哀"从中来呢？他漫步在沈园当中，望着这满园的春色。可是在他的眼里，沈园已经是"非复旧池台"了。时过境迁，沈园不仅换了主人，连它里面的景物看上去也不像以前那样熟悉了。诗人心中悲伤，所以他眼中的景物就也都染上了悲伤的色彩。

他把沈园的桥也称为"伤心桥"，因为桥虽然还在，当时和他一起站在桥上的人已经不在了。桥下流淌着潺潺绿水，昭示着新一年的春天也已经来到。上一次在这里与唐婉重逢也是春天，近似的风景使他回忆起往事。当时的她那么美丽，像是仙子一般。这桥下的流水也曾映照出她的身影，然而那都是过去的事了。现在桥下的流水中只有诗人自己孤独的影子，他只能用自己深深的思念去唤醒自己对美好往事的记忆。

□ **趣闻轶事**

夫妻情深恨别离

　　大诗人陆游的人生中，曾经有一位红颜知己与他相知相伴。这个可爱的女孩叫唐婉，她在她最为青春美丽的时候与陆游结为了夫妻。唐婉温柔聪慧，善解人意。平时，她常常陪伴在陆游的身边，一起读书写字。她和陆游伉俪情深，别人看了都很羡慕。可是这样可爱的唐婉却得不到陆游母亲的喜欢。她百般破坏他们的感情，还拿出了旧社会中一家之主的架子，逼着陆游和唐婉解除了婚约。就这样，唐婉被无情地赶走了，她和陆游的美好时光从此一去不复返。

　　陆游失去了挚爱的妻子，常常感到孤独和忧伤。一年的春天，他来到沈园散心。恍恍惚惚间，他看到了远处站着一个熟悉的身影。那不正是他日思夜想的唐婉吗？唐婉也看到了他，不禁难过地哭了起来。他们回忆起往事，想到从前一起度过的美好时光，都十分伤心。唐婉请他多呆一会儿，便叫侍女端上一些酒菜。可是这一个小小的生活场景却勾起了陆游的回忆。他想到以前唐婉和他一起吃饭，一起读书，相亲相爱，没有忧愁。那些一起生活的场景还历历在目，仿佛就是昨天的事。当时的他们是多么快乐，怎么会想到日后竟有如此凄凉的一天。心情更加低落的陆游禁不住落下了眼泪，提笔写下一首词《钗头凤》，向唐婉诉说自己的情思。唐婉看后，心中悲痛，于是也写了一首词来应和他。

　　时间渐渐流逝，又到了分别的时候。那时他们并不知道，这一别竟成为永别！唐婉在这次见面之后便一病不起，不久之后就去世了。

　　时隔多年，陆游再一次来到沈园。这一次只有他一个人，他再也不可能见到深爱的唐婉了。园林的主人都已经更换，园里的花花草草看上去也不似从前那样新鲜美丽了。他看遍这里的亭台楼阁，重新走上他和唐婉最后一次见面的小桥。这一切的一切，却都只能让他体会到时过境迁、物是人非的伤感。陆游就在这无尽的伤心之中，题下了两首思念的诗歌《沈园》。

思故乡第一百五十六

[宋] 文天祥

天地西江①远,
无家问死生。
凉风起天末②,
万里故乡情。

注释
① 西江:文天祥的故乡。
① 起天末:从天边飘来。

万里故乡情

导读赏析

文天祥是南宋末年抗元名将,他的一句"人生自古谁无死,留取丹心照汗青"曾经震撼了多少人的心。可是你知道吗?在这位刚强勇猛的大将心中,还留着一个温柔的角落,藏着他对故乡的深情。

诗人在写下这首诗的时候正被囚禁在元兵的监狱里,孤独无助。他想要回到自己的家乡,却又不得不面对残酷的现实。"天地西江远",他身处北方,家乡远在千万里之外,却不能不想念。"无家问死生",淡淡的五个字却更是让人心痛。国家战乱,家园被破坏,自己的家人是生是死都无从得知。杜甫有一首诗叫《月夜忆舍弟》,其中有两句:"有弟皆分散,无家问死生",描写的就是兄弟家人分散,互相之间无法取得联系的悲惨境况。想必文天祥此时对这种情况也深有感触,所以化用了前人的诗句。

"凉风起天末"说的是凉风吹起,天气已经渐渐变冷了。诗人用天气的变化表现时间流逝的速度之快,转眼间一年就要到头了。然而此时的文天祥却不能够回到家乡去,只能在遥远的北方,在敌人的大牢里抒发对家乡和亲人的思念与牵挂。最后一句"万里故乡情"是诗人在表白自己的心声,表示自己即使与家乡相隔万里,也不能平复他的思念之情。他的思念之深不是距离能够阻隔的，而他想要收复失地，抵抗侵略军的心情又是那样急切和深刻。在这双重心情的交织之下，诗人禁不住在这一系列思故乡的诗作中吐露了自己的心声。

□ 趣闻轶事

视死如归的文天祥

南宋末年，皇帝下令号召天下的英雄豪杰来帮助朝廷抗击外敌。文天祥热血沸腾，召集了上万名勇士一起来为国家效力。

文天祥被选为南宋的枢密使以后，朝廷派他去向元兵求和。可是文天祥见到对方丞相的时候，却和他据理力争。元代丞相非常生气，就扣押了他。他想办法试着逃出来，都没有成功。他跟着敌军一起来到潮州，见到了元兵的统帅张弘范。张弘范的手下让文天祥行大礼，文天祥却站着不动，不肯行礼。张弘范佩服他的骨气，就礼貌客气地招待他，并叫他写信给当时南宋的另一位将军，让他来投降。文天祥听了怒不可遏，正气凛然地说道："我自己不能保护自己的父母，却叫别人也背叛他的父母，您觉得这可能吗？"

虽然文天祥这样义正词严，张弘范却不听他的，还是逼着他写。于是文天祥就在纸上写下了以前作的一首诗——《过零丁洋》。这首诗里有两句非常著名：

人生自古谁无死，留取丹心照汗青。

张弘范见文天祥的态度这样坚决，也不禁佩服他是一名好汉。于是对他说："你的朝廷已经要灭亡了，你作为丞相也已经对它尽了忠心了。如果你现在能改变你的心意，把你对大宋朝廷的那份忠心奉献给元代的皇帝，我保证你能坐到宰相的位置。"但文天祥却大义凛然地拒绝了。

没有办法，元军最终只能决定处死文天祥。然而文天祥在死前仍旧不卑不亢，只向着南方的故乡深深鞠了一躬以后，便慷慨赴死。

咏物抒怀

橘颂（节选）

[战国] 屈原

后皇嘉树①，橘徕服兮②。
受命不迁③，生南国兮。
深固难徙，更壹志兮④。
绿叶素荣⑤，纷⑥其可喜兮。
曾枝剡棘⑦，圆果抟兮⑧。
青黄杂糅，文章烂兮⑨。
精色内白⑩，类可任兮⑪。
纷缊宜修⑫，姱而不丑兮⑬。

注释

① 后皇：天地。嘉树：佳树。
② 徕服：生来适应本地水土气候。
③ 受命：受天地之命，即禀性、天性。不迁：不改变。
④ 深固：坚定，牢固。壹志：志向专一。
⑤ 素荣：白色花。
⑥ 纷：繁茂。
⑦ 曾枝：繁枝。剡（yǎn）棘：尖利的刺。
⑧ 圆（huán）：环绕。抟（tuán）：通"团"，圆圆的。
⑨ 杂糅：混杂。文章：花纹色彩。烂：斑斓，明亮。
⑩ 精色：果皮色泽鲜明。
⑪ 类可任兮：好像可以担当重任。
⑫ 纷缊（yùn）宜修：长得繁茂，修饰得体。
⑬ 姱（kuā）：美好。

导读赏析

坚贞的橘树

你知道吗？橘树只能在南方种植，要是在北方种植，结出来的果实就会又小又苦。战国诗人屈原认为这是一种坚贞不移的品格，因而特意写了这首诗歌颂它。

《橘颂》是我国第一首咏物诗。诗人起笔高亢，充满了赞颂之情。前六句说橘树屹立在广袤的天地之间，深深地扎根在南国的土地上，无论什么力量都不能使它迁徙。这种坚定的意志、忠贞的品格不禁让人产生无限的敬意。

紧接着，诗人用细致的笔调，描绘了橘树的叶、枝、花、果等方方面面。"绿叶素荣，纷其可喜兮。曾枝剡棘，圆果抟兮。"诗人赞美道：

那绿叶簇拥着雪白的花朵，繁盛得真是让人喜爱啊！繁茂的枝丫上长着尖利的小刺，围绕着圆圆的果实，以防范外来的侵害。在诗人眼里，橘树的每一个小细节都那么可爱。"青黄杂糅，文章烂兮。精色内白，类可任兮。纷缊宜修，姱而不丑兮。"是说橘果青黄相间，花纹色彩灿烂明亮。它们皮色鲜明，内瓤纯净，好像君子一样能担当重任。长得繁茂却又修饰得体，真是美好脱俗呀！

诗人这篇颂歌，巧妙地抓住了橘树在南方根深蒂固的特点，歌颂了橘树坚贞不移的品格，又不遗余力地赞美了橘树繁茂的枝叶、圆满的果实、绚丽的色彩、美好的品貌。同时，诗人通过类比联想，把橘树的习性和形象与人的品格联系起来，通过对橘树的赞美，托物言志。

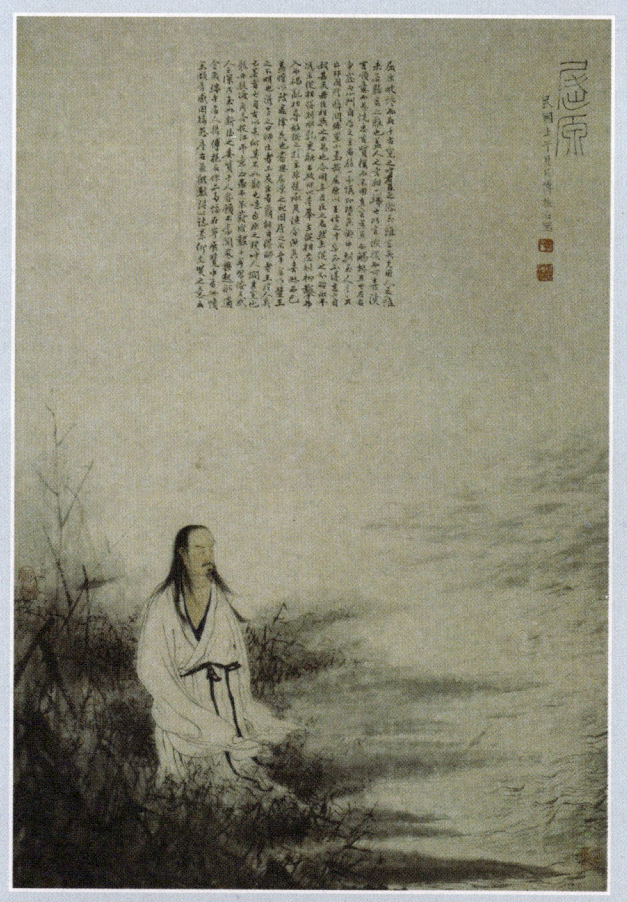

趣闻轶事

端午节与屈原

屈原是战国时期著名的诗人。他出身贵族，见识广博，通晓治理国家的道理，又善于外交辞令，曾是楚怀王非常器重的大臣。

当时，屈原正在为楚怀王制定一项重要的法令，上官大夫嫉妒屈原的才能，因此故意在楚怀王面前诋毁屈原，说屈原自高自大，认为天下只有他最厉害。楚怀王听了以后很生气，就渐渐地疏远了屈原。

屈原虽然被疏远，但还是很关心国家大事，他向楚怀王建议，选举贤能的人来治理国家，并提出了一系列富国强兵的办法，还提议联合齐国抵抗秦国，但是这些政策遭到另外一些贵族的强烈反对。屈原遭到严重的诋毁，被楚怀王赶出了都城，流放到了沅江、湘江流域。屈原感到很不平，但是又放不下楚国的事情，在流放的过程中，写下了很多忧国忧民的诗篇。公元前278年，秦国攻破了楚国的国都，屈原眼看着自己的祖国被侵略，人民受苦，内心十分煎熬，据说是在农历五月初五那天，屈原写下了最后一篇怀念祖国的诗，就在汨罗江边，绝望地抱石投江自尽了。

屈原死后，楚国的百姓非常哀痛，纷纷到汨罗江边去凭吊屈原。渔夫们划起小船，在江上打捞屈原的遗体，有位渔夫拿出为屈原准备的饭团，丢进江里，说是让鱼虾吃饱了，就不会去咬屈原大夫的身体了。人们见了以后纷纷效仿，后来，为屈原准备的饭团就渐渐发展成了粽子。

以后，在每年的五月初五，人们都会划龙舟，吃粽子，以此来纪念忠贞不渝的爱国诗人屈原。据说端午节就是这么来的。

长歌行①

[汉] 乐府

青青园中葵②,朝露待日晞③。
阳春布德泽④,万物生光辉。
常恐秋节⑤至,焜黄华叶衰⑥。
百川⑦东到海,何时复西归?
少壮不努力,老大徒⑧伤悲。

注释

① 长歌行:汉乐府的曲调名。
② 葵:一种蔬菜,可以入药。
③ 晞(xī):天亮,破晓。引申为阳光照耀。
④ 阳春布德泽:指春天给予大地万物温暖和希望。阳春:温暖的春天。布:散布。德泽:恩德,恩惠。
⑤ 秋节:秋季。
⑥ 焜黄华叶衰:花叶都凋零。焜(kūn)黄:草木凋零枯黄的样子。华(huā):同"花"。衰(cuī):衰弱,枯萎。
⑦ 川:河流。
⑧ 徒:白白地。

导读赏析　　一寸光阴一寸金

"一寸光阴一寸金,寸金难买寸光阴。"这句谚语告诉我们时间是多么宝贵。古往今来,无数的诗人都在咏叹时间,这首诗就是用浅显的例子来告诉人们:青春时光是最美好的,也是最易逝的,因此要好好把握,好好珍惜。

首先,诗人用园中葵的例子告诉人们四季变化,万物荣枯都是有自己的规律的。"青青园中葵,朝露待日晞。"你看,春日里,那园中葵,一片青翠。清晨,叶上沾满了露水,等待着阳光的照耀。诗人由园中的青葵,想到了自然界,"阳春布德泽,万物生光辉。"红日升起,温暖的阳光普照大地,仿佛给予世界无私的恩惠,万物欣欣向荣,充满光辉。这是一片生机勃勃的美好图景。然而秋天一到,万物就开始凋零,生机盎然的景象就不会再有了,"常恐秋节至,焜黄华叶衰",只剩下枯黄的草木。诗歌从春天的生机盎然写到秋天的萧条冷落,以此告诉读者,人生也是这样,园中植物会经历从繁盛到凋零的过程,人生也会经历青春到老年。"百川东到海,何时复西归?"反问句暗示河水流走就不会再流回来,用河水流走告诉人们,青春时光就像河水东流,一去不复返。"少壮不努力,老大徒伤悲",这两句直接劝诫人们要趁着青春年少努力奋斗,如果年轻不努力发奋图强,等到年老力衰时,悲伤也无用了。

全诗以景寄情,将珍惜时间的道理蕴含在对事物的咏叹中,既浅近易懂,又发人深省。

■ 趣闻轶事

萤囊映雪

晋代的车胤小时候非常好学，但是家里贫穷，没有钱买油点灯，因此，他只能利用白天的时间读书。夏天的一个晚上，他正在院子里背诵一篇文章，突然看见许多萤火虫在院子里飞舞，身上的光一闪一闪的。他灵机一动：要是把这些萤火虫都集中在一起，不就成了一盏灯了吗？于是，他立刻做了一只绢布口袋，然后抓了几十只萤火虫放在里面，束起口袋吊起来当作灯，虽然这"灯"不是很明亮，但是勉强可以用来看书了。就这样，车胤每到夏天都用这个方法抓紧时间勤学苦读，最后终于在学问上取得了很大的成就。

晋代的孙康也是一个从小喜爱读书的人，因为家里穷，晚上没法读书，只能看着时间白白地流逝，他觉得很可惜。有一天晚上，他一觉醒来，发现窗户里透进来一些光。原来是外面下起了大雪，孙康想，雪地里到处都是白的，可以利用雪光来读书。于是他立刻跳下床，取出衣服穿好，拿出书来到屋外。果然，雪地里比屋里明亮很多，孙康不顾寒冷，立刻看起书来。此后，每到有雪的晚上，孙康都会出来读书。这种抓紧时间勤学苦读的精神，使他的学问突飞猛进，最后终于成了博学的人。

车胤、孙康创造机会抓紧时间刻苦学习的事例，后来成了人们学习的典范，人们常用"萤囊映雪"的故事来激励自己。

七步诗

[三国] 曹植

煮豆持①作羹②,漉③豉④以为汁。
萁⑤在釜⑥下燃,豆在釜中泣。
本自同根生,相煎⑦何太急?

注释
① 持:用来,用作。
② 羹(gēng):用肉或菜做成的糊状食物。
③ 漉(lù):过滤。
④ 豉(chǐ):煮熟后发酵过的豆。有版本也作菽(shū)。
⑤ 萁(qí):豆茎,晒干后用作柴火烧。
⑥ 釜(fǔ):古代的一种锅。
⑦ 煎:煎熬,比喻迫害。

导读赏析

七步成诗

东晋杰出的诗人、文学家谢灵运曾说:"天下才有一石,曹子建独占八斗。我得一斗,天下共分一斗。"这段话的意思是说,天下的才气,曹植一人就占了十分之八,谢灵运也是非常有才的诗人,却说自己只占了十分之一,可以想象,曹植是多么有才华。

这首《七步诗》,正是曹植才华横溢的代表,因为它是曹植在七步之内作出来的,也证明了曹植的才华。前面四句说明豆子的遭遇:锅里煮着豆子,残渣被过滤出去留下豆汁作羹,豆茎在锅底下燃烧,而豆子则在锅里哭泣。诗人用豆子的不同部分比喻兄弟二人的关系,虽然是手足同根,却自相残害,才使境遇完全不同;燃烧的萁是自己的兄长,而被蒸煮的豆子正是与豆萁同根而生的自己,比喻贴切又生动,用拟人的手法来说明相互残害的不应该,十分巧妙。"本自同根生,相煎何太急",则是诗人直接呼吁,兄弟本是手足,何苦这样相互残害呢!语言直接,却包含着非常激烈的情感。

总之,这首诗用最浅显的语言、最贴切的比喻,讲出了万千人的心声,因而赢得了千百年来读者的赞赏。

📖 趣闻轶事

七步诗的故事

曹丕和曹植都是曹操的儿子。曹植从小就特别聪明，又酷爱读书，长大后的他更是才华横溢，精通天文地理，而且还对朝廷中的事情谈论得头头是道，大家都很佩服他，曹操也很喜欢他。

曹操去世以后，曹丕继承了皇位，成为了历史上的魏文帝。曹丕的嫉妒心很强，生怕有才的弟弟抢了自己的皇位，一心想要除去这个眼中钉。

有一次，曹植进宫拜见哥哥，曹丕一见他就没好气地说："你我虽是兄弟，但是大殿之上，恐怕得行君臣之礼，守君臣之义。"曹植低着头，小心地回答："是，臣明白。"曹丕又说："父亲在世的时候，总是称赞你的诗文，还经常拿给大家看，这些诗歌都是你自己亲自作的吧？"曹植回答道："都是臣自己所作，绝非他人手笔。"

曹丕于是板着面孔说道："既然众人都赞叹你的文才，那我就当众考考你。我给你出一题，你当众作诗，不过你只许在殿上走动七步，七步之内，要是作出来，就说明以前的那些诗歌确实是你所作，要是作不出来，可要治你欺君之罪。"

曹植心里清楚曹丕是借故陷害，可是凭着自己的才学，有把握在七步之内作成一首诗，于是不慌不忙地说道："臣明白，请皇上出题吧。"曹丕道："你我既是兄弟，就以'兄弟'为题。但是，诗中不许带有'兄弟'这两个字。"

大殿上的人，都觉得曹植虽然厉害，但是这一次一定难逃一死了。谁知曹植略加思索，就在殿上走起步来，走一步，念一句，七步还没有走完，就作出了这首脍炙人口的诗：

煮豆持作羹，漉豉以为汁。
萁在釜下燃，豆在釜中泣。
本自同根生，相煎何太急？

曹丕听曹植念完诗后，觉得脸上热辣辣的，但是也没有办法治曹植的罪。后来，曹植的这首七步诗，就在民间流传开了。

蝉

[唐] 虞世南

垂緌①饮清露②,
流响③出疏桐。
居高声自远,
非是藉④秋风。

注释

① 垂緌（ruí）：古代官帽结在下巴下面的下垂部分。蝉的头部有两根触须，形状好像下垂的帽带。
② 清露：清新的露水。古人认为蝉是靠喝露水生活的，其实它们是刺吸植物的汁液。
③ 流响：指连绵不断的蝉鸣声。
④ 藉（jiè）：凭借。

导读赏析

高洁的蝉

这首咏蝉的小诗，是唐代咏蝉诗中最早的一首。诗人借对蝉的赞誉，来寄托自己对高洁人格的赞美之情。

"垂緌饮清露，流响出疏桐"是对蝉的外形、生活习性和声音的描写，通过这三个方面，为读者展示了蝉清高的独特品格。"垂緌"本来是古人帽子下打结后留出来的部分，用来比喻蝉的触须，形象而贴切。"饮清露"是对蝉的生活习性的描写，古人认为蝉清高，要居住在高高的树上，以清新的露水为食，所以诗人用"饮清露"来赞美蝉生性高洁。"流响出疏桐"为我们展示出蝉声的高远和清亮：蝉的叫声从高高的梧桐树上传来，仿佛流出来的歌声，响亮悦耳，一直传到很远的地方。诗人通过写蝉声的响声和力度，让人感受到蝉鸣的隽永，从而突出了蝉的与众不同。

"居高声自远，非是藉秋

风",这是整首诗的点睛之笔,紧扣前两句,以蝉比人,通过对蝉的歌咏,寄托了诗人对高洁人格的赞美。诗人说道,蝉身居高处,声音自然就会传播得很远,而不是凭借秋风的力量才将声音传送出去的。蝉是这样,人类更是如此。品格高洁的人,声名自然能够远扬,而并不需要权势地位等外在力量的帮助。诗人肯定蝉的这种居高致远的品质,也寄托着自己对人的内在品格的热情赞美。

诗人赞美蝉的同时,也暗指自己,透露出对自身品格的高度自信,表现出了一种从容不迫的风度。

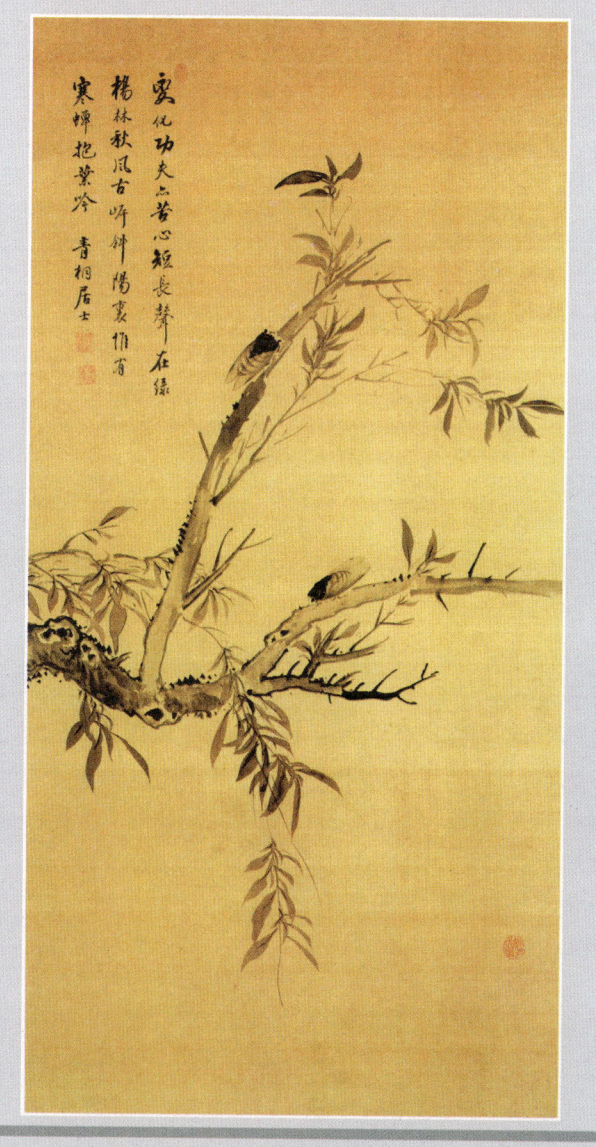

趣闻轶事

深受赏识的虞世南

虞世南是初唐时期著名的书法家、文学家、诗人。他从小勤奋好学,尤其喜欢书法,他的书法老师是王羲之的第七世孙智永和尚。在老师的精心传授下,虞世南学到了王羲之书法的精妙之处,写的字笔画圆润,外柔内刚,特别漂亮。

唐太宗李世民非常喜欢虞世南的字,并经常临写。虞世南死后,唐太宗感慨道:"世南死后,再也没有人能够和我谈论书法了。"

虞世南不仅书法上深得唐太宗的喜爱,在政治上也深受唐太宗赏识。他虽然弱不胜衣,但是性情刚烈,敢于直言进谏。他多次劝谏唐太宗要勤于政事,以古代帝王的得失来论证利弊。公元634年,陇右发生山崩,许多地方都出现了很多蛇,山东和江淮地区接连发大水。唐太宗问虞世南:"这是不是上天降罪?"虞世南列举了晋朝以来的很多次山崩,劝谏唐太宗说:"我听说天时不如地利,地利不如人和。如果皇上您心里时刻为百姓着想,让天下太平的话,就算是有灾星下降也不会有什么损害,如果您好大喜功,不能让百姓安居乐业,那么就算是天降祥瑞也不会有什么好处。还望您时刻警醒,不要因为太平久了就有了骄傲之心而放松了治理。"虞世南还劝谏唐太宗不要厚葬,不要贪图游猎玩耍而疏忽了政事,唐太宗听了以后,不断地反省自己,更谨慎自己的言行。

虞世南的劝谏对后来"贞观之治"的盛世起了非常重要的作用,唐太宗曾对大臣们说:"如果你们都像虞世南一样刚正忠烈,那么就不必担忧治理不好天下了。"

春夜喜雨

[唐] 杜甫

好雨知时节，当①春乃发生②。
随风潜③入夜，润物④细无声。
野径⑤云俱黑，江船⑥火独明。
晓⑦看红湿处⑧，花重⑨锦官城⑩。

注释

① 当：到，正当。
② 发生：出现。
③ 潜：指暗暗地，静悄悄地。
④ 润物：滋润万物。
⑤ 野径：田野间的小路。
⑥ 江船：江面上的渔船。
⑦ 晓：清晨。
⑧ 红湿处：指沾满雨水的红花所在的地方。
⑨ 花重（zhòng）：淋了一夜雨的花显得沉甸甸的样子。
⑩ 锦官城：地名，指成都，也称锦城。

导读赏析

春风化雨，润物无声

春天，和煦的清风、润泽的细雨，会在不知不觉中滋养万物，让大地生机盎然。春天万物萌发的时候，一场及时雨，一定会让人心情愉悦，诗人杜甫的这首《春夜喜雨》正是描绘春夜雨景、表达喜悦心情的名作。

诗人一开始就用一个"好"字来赞美春雨，表达自己的喜悦。"好雨知时节，当春乃发生"，让人高兴的好雨总是明白节令，一到春天就及时地降落下来。这是诗人对这场雨整体的描述和概括，一句话赞美这场雨的及时，点明它的"好"就好在适时地到来。在接下来的两联，诗人通过听觉和视觉对雨做了细腻生动的描绘。"随风潜入夜，润物细无声"，是诗人从听觉上表现春雨的"好"。这场细雨伴随着和风静悄悄地来到，侧耳倾听，能听到雨在春夜里绵绵密密地下。诗人用拟人化的手法，把春雨的好描摹得细腻又生动，"潜入夜"和"细无声"似乎是春雨懂得体贴人们，不愿意打扰人们的劳动，因此特意在夜间悄悄降临，默默无闻地滋润万物。"野径云俱黑，江船火独明"，则是从视觉上来描绘这场好雨。诗人放眼望去，田野和天空中的云都是黑黑一片，什么都看不见，只有江上小船的灯火是明的。夜间，船上的火光反衬出了四周的黑暗，也暗示着春雨的持续时间会比较长，这样，细雨滋润万物就会更彻底。诗人通过描写雨夜的景象，含蓄地赞美了春雨润物的力度。最后一联，则是诗人的想象。"晓看红湿处，花重锦官城"，诗人想象春雨下一整夜，万物都得到滋润，清晨起来一看，只见花儿带雨开放，红艳欲滴，整个锦官城都是红艳艳、沉甸甸的红花汇成的花海，那该是多么美丽的景象呀！在一片想象的美好图景中，诗人对春雨的赞美也达到了顶点。

诗人围绕"好"字，通过听觉、视觉和想象，极度赞美了春雨化润万物的品格，也暗含着诗人希望润泽天下的高尚品格。诗中虽然没有一个"喜"字，但是在一片赞美声中，喜悦的心情跃然纸上。

▢ **趣闻轶事**

语不惊人死不休

杜甫还很小的时候，母亲就去世了。杜甫经常跟姑母在一起，姑母总是不厌其烦给他讲家族里的小故事。

有一次，杜甫又缠着姑母给他讲故事，姑母说道："咱们杜家出过很多有名的人，西晋有个著名的大将杜预，他是我们的远祖。他打仗有勇有谋，为朝廷立过很大的功劳，而且文章也写得很好，百姓还编过歌谣称赞他呢！"

"真是了不起！"杜甫兴奋地说道。

"你爷爷是有名的诗人，他写的诗还受到过皇帝的奖赏呢，当时人人都夸他。"

"他们真厉害！我也要跟他们一样！"杜甫说道。

"你要是和他们一样努力读书，一定比他们还厉害。"姑母说道。

杜甫听了十分高兴，小小的心里受到了很大的鼓舞。姑母的话激励着杜甫废寝忘食地努力学习，刻苦练习，他下定决心，一定要成为像祖父那样的人。7岁的时候，他写了一首《咏凤凰》，感觉写得不错，于是高兴地把自己写的诗拿给父亲看。当时正有两位客人来家里做客，杜甫的父亲就把他写的诗拿给客人看，客人看了后，赞不绝口："写得真棒，真像是大文学家的手笔呀！"

杜甫听了以后大受鼓舞，从此以后更加刻苦了。他练习写诗的时候，特别注重语言的锤炼，总是希望一句诗或者一个字写出来就让人惊叹不已，后来他自己也说自己是"语不惊人死不休"。

相思①

[唐] 王维

红豆②生南国，
春来发几枝？
愿君多采撷③，
此物最相思。

注释
① 相思：又名《江上赠李龟年》。
② 红豆：红豆树的果实，颜色鲜红，形状像豆子，又名相思子。
③ 采撷（xié）：采摘。

导读赏析

红豆寄相思

最深情的话往往最朴素无华，自然天成，就像王维的这首《相思》，语浅却情深，让人感动，因此一问世就被谱曲而广为流传。据说唐天宝之乱后，当时著名歌者李龟年流落江南，经常为人演唱，听的人会忍不住落下泪来。

这首咏物寄情的五言绝句，借红豆的相思之意来表达对友人的无限眷怀，情调高雅，情思饱满。诗人一开始用最单纯的语言起兴，"红豆生南国"，"红豆"又名相思子，因此有相思之意，用"红豆"起兴，具有很强的象征意义，暗示了后面的相思之情。"春来发几枝"，似乎是诗人自言自语轻轻问了一声，却让人觉得分外亲切。问"红豆"春天发几枝，似乎是想问相思到了春天有几多，因而显得意味深长。

"愿君多采撷，此物最相思"，希望朋友你多多采摘红豆，它最能代表相思之情。看到它，你就会想起我的一切，也能明白我对你的相思之意。依旧是最朴素的语言，但却运用了一语双关的笔法，可以说是妙笔生花；采撷相思子，既切合题意，又符合自己的情思；用采撷相思子寄寓思念，言在此而意在彼，虽然没有明确说自己的牵挂眷念，却满满地表现出自己对于友人的深切怀念。诗人十分高妙地通过嘱托的方式来暗示友人珍重友谊，用相思嘱托对方，也表明自己的相思之意，委婉曲折地表达了思念情怀，真诚恳切，耐人寻味。

这首诗前后呼应，诗人句句话儿不离红豆，虽然始终没有表白思念的情意，却将相思之情表现得入木三分，语近情遥，让人回味无穷。

趣闻轶事

相思豆的传说

相传，战国时候，有一位男子出征打仗，一走就走了很多年，一直没有什么音讯传回家乡，大家都不知道他是死是活。他的妻子每天都在思念他，却没有办法见到他，只能倚靠在村口不远处的一棵大树下，遥望远方，希望能见到他回家的身影。但是，日复一日，时间过去了好几年，路上却从来没有出现从远方回来的人。

这一天，她像往常一样，去村口等丈夫。等了许久，终于有个和村里不一样的身影进入了眼帘，她觉得一定是丈夫回来了，高兴得心都要从嗓子眼里跳出来，立刻飞奔去迎接。走近了才发现，原来不是自己丈夫，而是邻村另一个去打仗的人，他是特意来送信的。这个人告诉她，他的丈夫已经在两年前就战死在沙场上了。

伤心欲绝的妻子不肯相信丈夫已经去世了，依旧每天都去村口的大树下等他。由于得到丈夫已经死了的消息，又思念丈夫，她的眼睛不像以前一样充满希望了，而是常常流着泪水。

村里的人不忍心看她这么难过，纷纷去劝她，但没有什么用。慢慢地，妻子眼中的泪水都流干了，流干以后，眼睛里流出了一滴滴鲜红的血滴。血滴又慢慢变成了红豆，在大树旁边生根发芽，日复一日，长成了大树，树上结满了红豆。春去秋来，大树的果实，伴着这位妻子心中的思念，变成了最美的果实。

后来，人们将红豆称为相思豆，常常用它来寄托自己的相思之情。

清明①

[唐] 杜牧

清明时节雨纷纷，
路上行人欲断魂②。
借问③酒家何处有？
牧童④遥指⑤杏花村。

注释

① 清明：二十四节气之一，一般在每年的公历4月4日或者4月5日。
② 断魂：形容十分伤心。
③ 借问：向别人询问。
④ 牧童：放牧的小孩。
⑤ 遥指：指着远处。

导读赏析

清明雨景

清明时节正是一年之中春意最浓的时候，春雨缠绵，春花烂漫。在我国，每逢清明，都有许多传统活动在民间举行，如扫墓、踏青等。现在，清明节也是一个公共假日了，到了那一天你和家人会做些什么呢？杜牧的这首小诗就记录了他在清明节的一日行程。

诗中的这一天，天上下起了霏霏春雨。雨丝细密，水汽缭绕，如梦如幻。诗人走在细雨纷纷的路上，孤身一人，形影相吊。他既不能回家祭祖扫墓，又不能与朋友相会踏青。他一个人孤单地品味着春天的味道，心中不禁五味杂陈，黯然神伤。所谓"断魂"，形容的是一种身心状态。它介于迷惘与痛苦之间，是精神因为忧伤过度而变得仿佛要离开身体的一种情形。

古人说："何以解忧？唯有杜康。""杜康"就代指酒，于是黯然神伤的诗人想到了借酒消愁。他向一位小牧童询问酒家的位置,只见这名小牧童抬手远远地一指,告诉他杏花村里就有。这个"遥指"的动作非常传神,自然而然地吸引了人们的注意力。

这首诗没有大的主题,只是描绘一个普通的节气。但是其选景之清新灵动,语言之自然流畅,使它具有了很高的艺术表现力。所有的描写都点到为止,却极好地流露出了诗人淡淡的愁绪。言有尽而意无穷,如此地含蓄隽永。诗情画意,大概说的就是这个意思吧!

趣闻轶事

清明节与寒食节

你会唱《二十四节气歌》吗?清明就是这二十四个节气中的一个。因为它处在农历三月的上旬,所以过去也叫它"三月节"。在这段时间里,天气渐渐变暖,大地回春,草木开始生长,一切事物都显得那样的清新明净,所以就把这个节气叫作"清明"。清明正是开始农耕的好时候,所以民间一直流传着"清明前后,栽瓜种豆"的俗语。清明节这一天,还流传着祭祖扫墓和插柳踏青的风俗。人们通过这些活动来表达对祖先的感激和怀念之情,这个习惯一直保留到了今天。

说到清明节,就不能不说寒食节。寒食节在清明节之前,到了这一天古时的人们不能用火,只能吃冷饭。这是为什么呢?相传,在我国春秋时期,晋国有一位贤臣名叫介子推。在他的国君晋文公遇到危险,逃跑到周边国家的时候,介子推依然跟在晋文公的身旁,从来没有过怨言。有一次,他们在逃跑的途中粮食不够,晋文公非常饥饿,介子推就把自己腿上的肉割下来一块给晋文公吃,晋文公非常感动。

等到晋文公恢复了力量,回到晋国的时候,却忘记了要奖赏当初忠心耿耿跟着他的介子推。其他跟着晋文公的臣子都得到了官位和奖赏,只有介子推什么也没有得到。可是他也没有主动向晋文公求取俸禄,只是对自己的母亲说:"我不需要这些表面上的奖赏来彰显我的品德,我还是归隐山林吧!"他的母亲非常赞赏儿子的志气,对他说:"你真的要这样做吗?我愿意跟你一起隐居起来。"于是介子推就和母亲隐居在了绵山上面。

后来晋文公想起了介子推曾经在最危难的时候帮助过自己,自己却没有报答他,后悔不已。他向左右的臣子哀叹说:"像介子推这样的贤才,我却把他失去了啊!"他的臣子安慰他说:"陛下不用着急,他虽然不肯出来做官。您只要用火烧山,把他逼出来就可以了。"于是晋文公就放了一把火,可是介子推还是不肯出来,与母亲死在了山中。晋文公十分伤心,就把介子推的尸体好好地埋葬了,并且给他建立了寺庙,下令全国以后在每年的这一天都不能用火,以表示对这位贤人的哀思。从此,我国就有了寒食节。寒食节和清明节离得这样近,这两天的活动相继进行。到了唐代以后,基本上就合二为一了。

金缕衣①

[唐] 杜秋娘

劝君莫惜金缕衣，
劝君惜取少年时。
花开堪②折直③须④折，
莫待⑤无花空折枝。

注释

① 金缕衣：金线缝制的衣服，极其华贵。
② 堪：可以，能够。
③ 直：直接。
④ 须：尽管。
⑤ 待：等待。

导读赏析

唐代的流行歌曲

现在的流行歌曲五花八门，你知道古代的流行歌曲都唱些什么吗？《金缕衣》就是一首在晚唐流行的歌谣，那么它都说了些什么呢？让我们一起看看吧。

这首诗因为是作为歌词演唱的，所以非常好懂。金缕衣是一种工艺精美、十分华丽的衣服。然而诗人却认为，一寸光阴一寸金，即使是价值连城的稀世珍宝又怎么能和一生一次的少年时光相媲美呢？诗人在此用了两个"惜"字，一个是"莫惜"，一个是"惜取"。"劝君莫惜金缕衣，劝君惜取少年时。"诗人认为，将有价的物质和无价的时间相比，金缕衣不值得珍惜，少年时光才应该被珍惜。所以她托物言志，明确地表达了自己的价值观。她希望世人都能意识到时间的珍贵，懂得在物质和生命之间做出恰当的取舍。辜负时光的人就如同观花的人不懂得及时欣赏绽放的鲜花一样，在他想起之后只能空手而归。诗人用这样的比喻劝诫人们要即时抓住珍贵的时光，好好生活。如果只是一味等待和虚耗，最后当你再想回到过去的时候，也只能像没来得及折花的游客一样，对着空空的枝头悔不当初了。

其实，一个人的一生就像一棵树，少年时期就像这棵树开花的时候，最为耀眼夺目，青春旺盛。然而韶华易逝，时间总是一去不返，如果从小不懂得珍惜时间，将来注定一事无成。那时想找后悔药也没有啰！

趣闻轶事

天涯歌女

《金缕衣》是一首劝人珍惜时光的小诗，朗朗上口，清丽脱俗。然而它的作者杜秋娘并不是什么大文人，只是一个平凡的女子。杜秋娘是金陵（今南京）人，她出身低微，没有享受过书香门第里那种大家闺秀的生活。但她天资聪颖，气质中透露出江南女子的轻巧灵动。她又十分上进，能歌善舞，精通词曲。所以尽管她只是一名歌女，却在整个江南地带也享有盛名。杜秋娘出名的时候有一个大官叫李锜，是那个地方的节度使。他听说了杜秋娘的大名，就派人找她来到府上表演。杜秋娘不同于一般的歌女，冰雪聪明的她在李锜面前即兴创作，演唱了这首《金缕衣》。

劝君莫惜金缕衣，劝君惜取少年时。

花开堪折直须折，莫待无花空折枝。

曼妙的舞姿和清丽的歌喉，以及这首歌词中隐含的非凡深意都让这位大官人为之感到震撼。一曲结束，他情不自禁地对杜秋娘表示自己的赞赏，并请她长久地留在府中。

其实中国历史中，有着许多这样虽然出身贫贱却积极地生活，掌握许多才艺，又懂得许多大道理的小女子。她们有时候不仅能和身边的文人讨论文学上的问题，还能在重大的人生问题上为他们指点一二呢！明代的柳如是就是其中一位。她也曾是江南秦淮河畔的一名歌女，长得十分美丽，又颇通文学，她的诗词作品都编成了集子。这样冰雪聪明的少女，自然得到许多人的喜爱与赞誉。然而她却不看重这些表面上的吹捧，她真正动心的也是有才华、能办大事的人。后来她与当时的大文人钱谦益互相欣赏，结为夫妻。结婚以后，柳如是还常常帮助钱谦益整理古书，与他对诗联句，讨论学术，人人都称赞她是一位奇女子。

然而，到了明代末年，由于朝廷的腐败和清军的进攻，国家面临改朝换代的危险。钱谦益作为前朝遗老，如果投降给新朝的君主，将被大家认为是一个背叛国家、没有操守的人。于是，柳如是就劝钱谦益自尽，希望他能保住名誉，宁可殉国也不要屈服。大丈夫尚且不能有这样的决心，一个小小的弱女子却能有这样的胆识，柳如是是多么让人敬佩啊！

观书有感

[宋] 朱熹

半亩方塘①一鉴②开,
天光云影共徘徊③。
问渠④哪⑤得清如许⑥?
为⑦有源头活水⑧来。

注释

① 方塘:又叫半亩塘,是朱熹父亲好友住处的一处景观。
② 鉴:镜子。
③ 徘徊:交错来回。
④ 渠:它,指方塘里的流水。
⑤ 哪:怎么。
⑥ 如许:像这样。
⑦ 为:因为。
⑧ 活水:不断流动的水。

导读赏析

智慧的源泉

朱熹是南宋的大学问家,他的诗作中常常带有哲理的意味。他在平时反复的学习与实践中,找到了做好学问的方法。于是他用池塘里的活水打比方,深入浅出地讲述了他在读书时的感悟。

诗人在全诗的开头为我们展现了一方清澈如镜的水面。这方池塘有半亩左右大小,像镜子一样平铺开来。诗人用镜子来比喻它,可以看出水面的干净与明亮。而正是因为池水这样干净,所以才可以倒映出天上的云朵,反射出太阳的光芒。诗人的这一句"天光云影共徘徊"将光影的交错描绘得动感十足,形成水天一色,相映成趣的画面效果。

不过,这一方清澈的池水只是诗人话题的开始。这首诗真正精华的部分则在后面两句。诗人用自问自答的形式,道出了他想要讲述的道理。为什么池水会那样澄澈呢?是因为有来自源头的活水不断地给这方塘做着更新。活水是不断流动的,冲走了不好的东西,再注入新鲜的源泉,所以池塘才不会变得污浊陈腐。水是这样,做学问也是这样。要想一直保持良好的水准,就必须不断学习,不断更新自己的知识。

□ 趣闻轶事

善于思考的朱熹

朱熹一生刻苦读书，钻研学问。他在文学和哲学方面，都有很大的建树。其实朱熹从小时候起，就是一个比别人都出色的孩子。朱熹刚刚学会说话的时候，他的父亲指着天空教他说："我们头上的是天。"小朱熹点点头，又突然问道："那天的上面有什么呢？"父亲听到小朱熹提出这样深奥的问题，很是惊讶。比天更高、更大的东西到底是什么呢？这是一个连当时的哲学家都解释不清楚的问题，朱熹刚会说话就想到了，可见他今后一定是一个不平凡的人。

有一次，朱熹和邻居小伙伴一起在沙地上玩耍。别的孩子都在那里追跑打闹，只有他一个人安静地坐在沙地上，默默地用手指在沙地上画画。别人都觉得很奇怪，不知道这个小孩子在画什么，就纷纷围过来看。原来朱熹在沙地上画了一幅八卦图！八卦图来自中国最古老、最神秘的学问"易学"。朱熹小小的年纪，竟然已经开始接触这么深奥的书籍，而且还能背下八卦的图形，真是叫人十分惊奇。

朱熹长大一点之后，父亲就给他请了老师教他读书。朱熹对老师教给他的学问都认真地学习，课后还会自己再温习。一天，老师教他《孝经》里面的知识。《孝经》这本书是我国秦汉时期流传下来的经典儒家作品，是教人如何行孝道的。这本书告诉人们向父母尽孝的时候，不仅要听父母的话，帮父母做事，还应该爱护自己的身体，认真对待自己的学习和工作。让父母对自己放心，并能让他们感到骄傲，这也是尽孝的一部分。朱熹读了之后深受启发，情不自禁地在书皮上面写道："如果不按照这本书所说的做，那就不是一个好人。"

几年之后，从小就热爱读书、善于独立思考的朱熹参加了科举考试，并在十九岁就考中了进士。从此他走上了真正的仕途，为国家和人民奉献自己的力量。同时，他在工作之余也没有放弃对国学的研究，还和小时候一样，用心地读书和做学问。朱熹在对经典作品的反复研读中，又获得了许多新的发现，对这些作品有了更全面的理解。朱熹传世的文集中，就有许多他对古人作品的评注和解读。他的这些观点都非常深刻，到今天也还具有很高的学术价值。

墨梅

[元] 王冕

吾①家洗砚池头②树,
朵朵花开淡墨痕。
不要人夸好颜色,
只留清气③满乾坤④。

注释

① 吾：我。
② 洗砚池头：画完画后洗刷笔砚的水池。池头，池边。
③ 清气：梅花的香气。
④ 乾坤：天地之间。

导读赏析

水墨梅花

梅是我们常说的"花中四君子"之一。人们之所以送给它这么一个好听的称号，是因为它有着像君子一样的品格。梅花总是在冬天盛开，不惧严寒，孤高圣洁，而且还清香扑鼻，非常美丽。人们都十分欣赏它这种不畏恶劣的气候独自盛开的傲气，所以纷纷为它写诗作画，用它的精神来勉励自己。

王冕就是一位喜欢画梅花的诗人，而且他的梅花还画得非常漂亮。别人喜欢画梅花弯曲坚韧的枝干，他却更爱画梅花清新绽放的花朵。你看，这首诗中，王冕也是在着重描写梅花的花朵呢！

前两句"吾家洗砚池头树，朵朵花开淡墨痕"讲的是，诗人所画的墨梅图上有一棵梅花树，诗人在树上用淡淡的墨色点染出了朵朵绽放的梅花。这些梅花是由水墨画成，不像西方的油画那样色彩艳丽，但是淡雅脱俗，也正体现了诗人的心意。他觉得梅花这种植物与其他花花草草不一样，它"不要人夸好颜色，只留清气满乾坤"。梅花是不屑用浓艳的色彩去吸引别人视线，招来别人的夸奖的。它只是保持着自我纯洁的内心，在天地万物之间散发出淡淡的清香。这种本真的自我形态正是诗人所最为赞赏的。

诗人借刻画梅花的性格来表现自己的内心，用托物言志的手法表示自己也愿像梅花一样，不被世俗的功名利禄所迷惑，而是洁身自好，做一个有骨气、有傲气的学者。

趣闻轶事

梅花屋里的王冕

元代诗人王冕其实出身并不高贵。他生于农户之家，他就像普通的农村孩子一样生长在田野之间。家里的父母都没有什么文化，不能够教他识字读书。他八岁的时候，他的父亲就叫他到田垄上去放牛。小王冕在田垄上看见有的小孩子可以去学堂上学，十分羡慕。他想：难道我就这样在这里放一辈子的牛吗？我也想读书学习啊。于是以后每次父亲叫他去放牛的时候，他就把牛拴在田垄上，然后自己偷偷地跑到学堂去听老师和同学们诵读诗书。没有好好学习过文化的王冕听了这些文章，小小的心灵受到了震撼。原来语言可以变得这么美，还可以表达这么多的情感，真是太有意思了。于是，王冕每次听到学堂里读一篇课文，他都会跟着复述，然后默默地把它背诵下来。他每天都到学堂去，从学堂回来就专心地复习默背当天听到的课文。在王冕的心中，没有什么比这些文章更吸引他啦。

有一天，王冕又偷偷地去上学了。到了晚上，他回到田垄上去牵牛，却发现牛早已经不见了。把牛弄丢了的王冕不安地回到家中，他的父亲问他："牛呢？"王冕只能说："不小心弄丢了。"他的父亲听了以后十分生气，将他打了一顿。可是第二天一早，小王冕又跑去上学了，丝毫没有受到父亲责罚的影响。

当时安阳有个学者听说有这么个爱学习的小孩，觉得十分难得，就把王冕收作自己的弟子。他开始教给王冕真正的学问，教他学习《春秋》三传。王冕也十分用功，将这些经书学得十分通透。第一次参加科举考试，王冕没有考中。一气之下他把他的文章都烧成了灰，下决心从头再来。于是，以后人们常常能看见有一个人戴着高高的帽子，身上披着绿色的蓑衣，脚上踩着长齿的木鞋，骑着一头老黄牛，手里拿着《汉书》在那里朗诵呢。人们都笑话他，说他这个样子好像一个疯子啊，可是王冕却自得其乐。终于，王冕的才学得到了大家的赏识，有人提出愿意举荐王冕，让他做官。可是这时候的王冕早已看淡了这些功名利禄上的东西，只愿意隐居在山中。搭一间小茅屋，闲了就画一画喜欢的梅花，写几句诗，也十分快活。

石灰吟

[明] 于谦

千锤万凿①出深山，
烈火焚烧若等闲②。
粉身碎骨浑③不怕，
要留清白④在人间。

注释
① 千锤万凿：无数次地锤打与挖凿。
② 若等闲：好像平常一样轻松。
③ 浑：都，全。
④ 清白：指石灰的本质颜色，比喻人的高尚节操。

导读赏析

石灰的品格

美好的事物总是容易被人喜爱，卑微的东西却不一定会被大家注意到。然而这首咏物诗的作者却偏偏选择了石灰这样不起眼的东西来歌咏它。到底是石灰什么样的特点吸引了诗人呢？

"千锤万凿出深山，烈火焚烧若等闲。"石灰的开采要在深山之中进行，本就十分不易，还要经过"千锤万凿"，更突出了取得石灰的艰难。然而，这样的开采之后还要经过烈火的烧炼。如此漫长艰辛的过程在诗人的笔下却只是"若等闲"，仿佛经受了残酷磨炼之后才形成的石灰并不曾害怕和畏惧过。诗人赞叹这种坚韧的品格，他也在此用石灰指代那些忠诚爱国的有志之士，歌颂他们在面对艰难险阻时还能坚守自己的品格，具有泰然面对的无畏精神。

在下一句"粉身碎骨浑不怕"中，诗人用"粉身碎骨"直写石灰石烧成粉末的制作过程。同时在更深层次的含义上，他也借此比喻了仁人志士不怕牺牲、舍生忘死的可贵精神。最后一句"要留清白在人间"是全诗的点题之句，点出石灰经历的这一切都是为了保持自己的清白本质。这也是诗人直抒胸怀的一句诗，这"清白"便是他作为朝廷命臣、百姓的父母官所必须遵守的行为准则。所以纵观全诗，诗人是在托物言志，歌咏石灰的同时树立了自己清正廉明的职业操守与人生信念。

趣闻轶事

两袖清风的于谦

于谦就像他所赞誉的石灰一样，也是这样一个清正廉洁、刚正不阿的人。在于谦生活的时代，有很多人当了大官却忘记了自己应该担负的责任和义务，只贪图功名利禄。他们平时常常想方设法地捞取钱财。这种贪婪让整个官场弥漫了一股行贿受贿的恶风。然而，于谦并没有受到这种风气的影响，和他们同流合污。他既不贪财，也不收取别人的贿赂，只是专心致志地做好自己的本职工作，从来不想投机取巧。

有一年，在河南担任巡抚的于谦要回到京城去面见皇帝。他在这里连年工作，却从来没有搜刮过百姓的钱财，所以就不像其他官员那样，准备了什么贵重的礼物要献给皇上。他的同僚看到他打算空着手到皇帝那里去，都劝他说："你难道什么都不打算带吗？你就算不愿意向皇帝进献金银财宝，好歹也带上一些这里的土特产吧？皇上看了也高兴，也表明了你对他的忠心啊。"于谦微微一笑，反问道："难道不给皇上带礼物就是对国家不忠心吗？"说完依旧什么都没准备就进京了。

到了朝堂之上，面见皇帝，皇上问他："爱卿在河南上任是否顺利？近几年来百姓的生活可好？"于谦恭敬地回答道："禀告陛下，一切都很好。"皇上听了很高兴，说道："看来是你治理得很好啊。你工作这么认真努力，一定在那里与大家相处得不错。不知道你这次来见我，是否带了些别人送给你的好东西要进献给我呢？"于谦看了看皇帝的表情，明白了这是在有意试探他，便微微一笑说道："陛下，我确实有一样非常好的礼物要送给您。"皇帝听了非常好奇，便问他是什么。只见于谦抬起胳膊，甩甩官服两侧的大袖子说道："陛下，我要送给您的就是这两袖清风啊！"古人的袖子非常宽大，常常可以用来装一些小巧的东西。可是于谦的袖子里空空荡荡，什么东西也没有装。皇帝看了哈哈大笑，夸赞于谦真是一个清正廉洁的好官！从此以后，"两袖清风"这个词就成了清官的代名词，而于谦的美名也从此流传了下来。

竹石①

[清] 郑燮②

咬定青山不放松,
立根③原④在破岩中。
千磨万击还坚劲⑤,
任尔⑥东西南北风。

注释

① 竹石：石缝中生长的竹子。
② 郑燮：姓郑名燮，号板桥。
③ 立根：扎根。
④ 原：原本，本来。
⑤ 坚劲：坚韧强劲。
⑥ 尔：你。

坚韧如竹

□ 导读赏析

陶渊明爱菊花，郑板桥则爱竹子。竹子是植物中的君子，它清瘦挺拔，四季常青，从里到外都透露出一种柔中带刚的美丽。所以人们常常用它来象征顽强的生命力和高尚的气节。郑板桥最喜欢的植物就是竹子，在这首《竹石》诗中，诗人也表达了对它深深的赞美之情。

这首诗中的竹子最突出的特点就是坚强和坚定。开篇的"咬定青山不放松"把竹子进行了拟人化的处理，"咬定"这两个字生动地表现出了竹子的坚定不移，它的样子就好像牢牢咬住了山石一样。突出展现了它立根在破岩之中却毫不动摇的顽强姿态。"千磨万击"指的是竹石所处的环境十分恶劣，常有风吹雨淋、雪打霜冻的伤害。然而即使在这样的打击下，竹子还是那么地坚韧强劲，不屈不挠。诗的末尾"任尔东西南北风"中的这个"任"字，再次给竹子注入了人的感情，仿佛它面对狂风的摧残毫不在意。而它如此不畏风吹的原因正是前面所说的"咬定青山不放松"。全诗前后呼应，首尾相承，具体而又生动地塑造了竹子泰然自若、桀骜孤高的君子形象。

其实，诗人写这首诗不仅仅是为了赞美竹子的品格，也是在表明自己的处世原则。他希望能够像竹子一样，坚定自己的信仰，保有自己的骨气，做一个正直不屈、坚毅顽强的君子。

趣闻轶事
怪人郑板桥

　　扬州有八怪，郑板桥就是其中一怪。说起郑板桥的怪，真是非常有趣。郑板桥酷爱研习书画，他最常画的就是竹子了，用来比喻君子的节操，时时激励自己也要成为一个像竹子一样有品行、有骨气的人。

　　郑板桥画竹子画出了名气，就有许多人慕名到扬州买他的字画。不过日子久了，郑板桥就发现这些人当中有许多看不懂，也不珍惜字画的人。他们来买自己的画无非是附庸风雅的样子。遇见这样的人，随便他们出多少钱，他也不卖给他们。有的人笑他是个怪人，他也毫不在乎，依旧我行我素。

　　一次，郑板桥所在的区县遇到了天灾。农民粮食收成不够，交不上税钱，大家的生活都变得十分穷苦。郑板桥为民求情，向上层的大官报告了县里的情况，希望他们能够减轻大家的负担，并且帮助大家渡过难关。谁知道，大官听了以后不但不帮忙，还责怪郑板桥多管闲事，罢免了他的官职，让他收拾收拾东西回家。郑板桥十分看不起这个大官的做法，也不屑于与他为伍，于是就辞官回乡。他自己做了一口大布袋，把钱财、衣服、食物什么的都装在里面，背着它游历各地，需要什么就从里面拿什么。有时候在路上见到了熟人或者是贫穷的人，他还会把袋子里值钱的东西送给人家，一点也不心疼。当时的人都评价郑板桥说，他性格虽然有些奇怪，却是个不折不扣的好人！

己亥杂诗①

[清] 龚自珍

浩荡②离愁白日斜③，
吟鞭④东指即天涯。
落红⑤不是无情物，
化作春泥更护花。

注释

① 己亥杂诗：龚自珍在己亥年间所做的组诗题目。
② 浩荡：浩大，形容离愁的深重。
③ 白日斜（xiá）：夕阳西下。
④ 吟鞭：诗人的马鞭。
⑤ 落红：落花。

导读赏析

护花使者

龚自珍是清末思想家和文学家。他在创作这一系列《己亥杂诗》的时候，清代已经进入晚期。外国的侵略者正在逐渐深入，而清代政府又无所作为。诗人为自己的民族感到深深的心痛和担忧，但此时自己所能做的事情却非常有限。所以他极力向朝廷呼吁改革，希望君主可以有所建树。这首诗就是在这样的背景下写成的，表达的是他以天下之忧为忧的情怀。

全诗的前两句是诗人的自画像：他骑马走在黄昏中，满心的忧愁无法倾诉。他扬起马鞭指向东方，慨叹自己就要离开官场，回归天涯。离开官场的别愁与天下为家的慷慨结合在一起，塑造出了一个心忧天下、胸怀阔大的诗人形象。

诗的后两句则是借咏叹落花，说明自己的内心所想。花朵尚且有情有义，凋落之后还能化作泥土滋养新的花朵，他也可以在从官场隐退之后，默默奉献。诗人借着这一句"化作春泥更护花"，充分地表现了自己虽然年老隐退，仍然把国家大事作为己任的雄心壮志。即使自己身在乡野，但心系朝廷，时刻准备着为祖国尽忠效力。

事实上，龚自珍也确实做到了他所说的那样。在鸦片战争爆发之后，他曾多次与主战的相关官员商量对策，希望能够在抵抗敌人侵略的事业上贡献自己的一份力量。

趣闻轶事

爱国志士龚自珍

龚自珍出身书香世家，自小就在浓厚的文学氛围中耳濡目染。家中丰富的藏书，让小小的龚自珍很早就接触到了各种各样的知识。6岁时他就离开家乡到京城读书，7岁时母亲就教他创作诗文，8岁时他就开始抄录《文选》。父母对他的成长十分用心，希望能将他培养成一个学识渊博的有用之才。

可是，学富五车的龚自珍却有一件烦心事，他发愁自己的楷体字写得不是很漂亮。清代的科举考试规定考生都要写楷体字，这样龚自珍的卷面书写就得不到考官的赞赏。也许正是因为这个小插曲，让本来一肚子诗书的龚自珍一次又一次在考场上失利。但是这并不能阻碍龚自珍继续学习的脚步，他依旧刻苦钻研学问。同时，龚自珍还十分关心当下的现实问题。虽然他人不在朝廷之上，心里却常常想着国家大事。23岁的时候，他就已经写了许多文章揭露清廷的腐败，并呼吁改革和变法。那时候，国内的百姓生活艰苦，鸦片对中国人的毒害也十分严重。而外国人又开着大船，架着大炮入侵自己的国家，真是内忧外患一起来。龚自珍清醒地认识到了时局的混乱，不禁忧心忡忡，更加努力地去寻找救国的道路。他与当时的爱国志士魏源志同道合，成了好朋友。他也曾经对林则徐到广东禁烟的事情表示支持，作诗为他送行。

最终，龚自珍在古人的历史故事里找到了解决问题的办法。他借用典故，客观地评论当时的现实问题，提出改革建议。他说："从古代到现代，法律都是根据人的需要进行改变的。要想国家富强就要从小事开始积累，顺应时代的潮流改变国家现有的制度和风气啊！"他的想法这么好，可是当时的统治阶层却听不进去。悲愤交加的龚自珍便在鸦片战争爆发前夕写下了315首《己亥杂诗》，抒发自己的感情。

附录　古诗作者索引

B

白居易（772—846），字乐天，晚号香山居士。太原人，后迁居下邽（今陕西渭南）。唐代著名诗人，新乐府运动的发起者。他的诗作多反映社会现实，含有讽谏之意。语言明白晓畅，通俗易懂。《琵琶行》、《长恨歌》等都是他的代表作。

C

曹操（155—220），字孟德，沛国谯县（今安徽亳州）人。著名的政治家、文学家。曹操的诗经常抒发自己的政治抱负，描绘人民的苦难生活，气魄雄伟，慷慨悲凉。

曹植（192—232），字子建，沛国谯县（今安徽亳州）人。三国时期曹魏著名的文学家，建安文学的代表人物，与曹操、曹丕合称为"三曹"。他的诗骨气慷慨，文采华丽。

岑参（717—770），祖籍南阳（今属河南），盛唐著名的边塞诗人，与高适并称为"高岑"。他的诗善于表现边塞的异域风光，意境新奇，想象丰富，气势磅礴，雄奇豪迈。

常建（生卒年不详），唐代诗人。他的诗以山水田园为主，意境清幽，语言洗练，境界超远，常流露出淡泊的情怀。

陈子昂（659—700），字伯玉，梓州射洪(今属四川)人。唐代著名文学家，初唐诗文革新的人物之一，主张"兴寄"和"风骨"，他的诗风格古雅，寓意深远，风骨雄健，苍劲有力。

崔颢（704—754），汴州（今河南开封）人，唐代诗人。他生性耿直，才思敏捷。他年轻时的作品风格浮艳，晚年风格大变，气势雄浑，慷慨豪迈。

D

杜甫（712—770），字子美，河南巩县（今河南巩义）人。唐代伟大的现实主义诗人，被称为"诗圣"，他的诗被称为"诗史"，风格沉郁顿挫，艺术上炉火纯青，练字精到，对仗工整。

杜牧（803—852），字牧之，号樊川，京兆万年（今陕西西安）人。唐代诗人，与李商隐并称为"小李杜"。他关心时事，诗歌取材丰富，而且语言清丽，别具一格。

杜秋娘（生卒年不详），名秋，金陵（今江苏南京）人，唐代歌伎。她早年被镇海节度使李锜收为妾室，后遭遇祸乱，晚年凄凉。她的《金缕衣》一诗脍炙人口，广为流传。

F

范成大（1126—1193），字致能，号石湖居士，苏州吴郡（今江苏苏州）人。南宋时期"中兴四大诗人"之一。他的诗多表现出他对田园生活的热爱，以及对国家命运的担忧。

G

高适（700—765），字达夫、仲武，景县（今河北景县）人。唐代著名的边塞诗人。他的诗笔力雄健，气势奔放，洋溢着盛唐时期奋发进取、积极向上的精神。

龚自珍（1792—1841），字璱人，号定庵，浙江仁和（今浙江杭州）人。清代思想家、文学家。他关心国事，提倡改革，多次通过诗文表达自己的政治意见。

H

韩愈（768—824），字退之，河南河阳（今河南孟县）人，唐代诗人、文学家。祖籍昌黎，世称韩昌黎。与柳宗元共同倡导古文运动，是"唐宋八大家"之一。死后谥号为"文"，所以也称韩文公。

贺知章（659—744），字季真，自号"四明狂客"，越州永兴（今浙江杭州萧山区）人。唐代诗人、书法家。他性格豪爽，爱饮酒。擅长书法，尤其是草书和隶书。因其诗作豪放旷达，他被称为"诗狂"。

黄庭坚（1045—1105），字鲁直，号山谷道人，晚年号涪翁，洪州分宁（今江西修水）人。北宋文学家、书法家。他的诗与苏轼齐名，并称"苏黄"。

L

李白（701—762），字太白，号青莲居士，祖籍陇西成纪（今甘肃天水秦安县）。盛唐伟大的浪漫主义诗人，被后人誉为"诗仙"。他的诗清新飘逸，豪迈奔放，想象丰富，充满了浪漫主义色彩。

李贺（790—816），字长吉，河南福昌（今河南宜阳）人。祖籍陇西，所以自称"陇西长吉"。唐代著名诗人，有"诗鬼"之称。他作诗用语雕琢，驰骋想象，辞采瑰丽，意境奇诡。

李攀龙（1514—1570），字子鳞，号沧溟，山东历城（今山东济南）人。明代诗人。他与王世贞、徐中行、谢榛等七人结成诗社，推崇复古的创作方法，世称"后七子"。

李清照（1084—1151），号易安居士，济南章丘（今山东济南）人。宋代杰出女词人，婉约词派的代表人。她历经了北宋向南宋的过渡时期，诗词的内容也有前后之别。

李商隐（812—858），字义山，号玉谿生、樊南生。怀州河内（今河南沁阳）人。唐代著名诗人。他擅写无题诗，并且善于用典。他的诗优美华丽，含蓄婉转，得到后人很高的评价。

李益（748—829），字君虞，陇西姑臧（今甘肃武威）人。唐代诗人，擅写边塞诗。他的边塞诗画面雄浑，意境远大，情感深厚，音韵和谐。

刘禹锡（772—842），字梦得，河南洛阳人。唐代诗人、文学家和政治家。政治上，他倡导革新运动，曾任监察御史。文学上，他的诗气势豪迈，立意高远。比较擅长创作写景诗和怀古诗。

柳宗元（773—819），字子厚，河东解（今山西运城）人，世称柳河东。唐代诗人、文学家。曾任柳州刺史，所以又称柳柳州。他与韩愈共同倡导古文运动，并称"韩柳"。他诗风冷峭脱俗，代表作有《江雪》等。

陆凯（生卒年不详），字智君，南北朝时期北魏代（今张家口涿鹿县山涧口村）人。他出身名门，15岁时就成了皇帝的亲近侍从，为人忠厚，以《赠范晔》流传千古。

陆游（1125—1210），字务观，号放翁，越州山阴（今浙江绍兴）人。南宋爱国诗人、词人。他的诗词兼有细腻柔婉和慷慨悲壮两种不同的风格，是历代写诗最多的诗人。

M
孟浩然（689—740），字浩然，绛州（今山西新绛县）人。盛唐著名的山水田园诗人，诗歌主要描写田园生活，风格恬静自然，富有生活气息。语言简练，意境清远。

孟郊（751—814），字东野，湖州武康（今浙江德清）人。唐代诗人。他的诗语言精巧，风格清寒。与贾岛齐名，有"郊寒岛瘦"的说法。

O
欧阳修（1007—1072），字永叔，号醉翁，晚年又号六一居士。吉州庐陵（今江西吉安）人。北宋著名的政治家和文学家，唐宋八大家之一。他的诗文自然优美，潇洒率真，与众不同。

P
皮日休（834—902），字逸少，后改字袭美，湖北襄阳人。唐代诗人。曾隐居鹿门山，自号鹿门子，又号间气布衣、醉吟先生。他的诗受到白居易新乐府的影响，比较注重反映现实。

Q
屈原（约公元前340—前278），名平，字原。战国时期楚国伟大的浪漫主义诗人，创立了新的诗歌体裁"楚辞"。他的诗充满了炽热的情感，体现了对理想不懈追求的精神。

S

苏轼（1037—1101），字子瞻，号东坡居士，眉州眉山（今四川眉山）人。北宋著名文学家，诗、词、文兼长。既是"唐宋八大家"之一，也是豪放词派的代表人。代表作有《水调歌头·明月几时有》、《念奴娇·赤壁怀古》等。

T

陶渊明（365—427），字元亮，号五柳先生，浔阳柴桑（今江西省九江市）人。他是田园诗派的创始人，诗歌的主要题材是田园生活，风格平淡自然，充满了淡泊的情怀。

W

王安石（1021—1086），字介甫，晚号半山，抚州临川（今江西抚州）人。北宋政治家、文学家。曾任宰相之职，领导"王安石变法"。他的诗文立意深刻，是"唐宋八大家"之一。

王勃（约650—676），字子安，古绛州龙门（今山西河津）人，"初唐四杰"之一。王勃极富才华，他的诗刚健清新，高超浑厚，文辞典雅华美。

王昌龄（698—756），字少伯，河东晋阳（今山西太原）人。盛唐著名的边塞诗人。他擅长七绝，后人誉为"七绝圣手"。他的诗气势雄浑，格调高昂，意境深远，耐人寻味。

王翰（生卒年不详），字子羽，并州晋阳（今山西太原）人，唐代边塞诗人。王翰为人豪爽，举止超群，无拘无束。他的诗感情奔放，豪迈壮丽。

王冕（1287—1359），字元章，号煮石山农，会稽诸暨（今浙江诸暨）人。元代诗人、画家。他喜爱梅花，善于描画梅花，也喜爱以梅花为题写作诗歌，所以又号梅花屋主。

王士禛（1637—1711），字子真，又字贻上，号阮亭、渔洋山人，山东新城（今山东桓台）人。清代诗人。他作诗主张神韵，善用典故，对后人影响很大。

王湾（生卒年不详），洛阳(今河南洛阳)人。他博学多才，是唐代有名的诗人、史学家。生在北方，经常往来于吴楚之间，写下了不少清新秀丽的诗歌，其诗情景交融，气象高远。

王维（701—761），字摩诘，河东蒲州（今山西运城）人。盛唐著名的山水田园诗人、画家。他精通佛理，被称为"诗佛"。他的诗清新脱俗，意境空灵明净，充满了禅意。宋代苏轼评价他的诗"诗中有画，画中有诗"。

王之涣（688—742），字季凌，绛州（今山西新绛县）人，盛唐著名的诗人。为人豪放不羁，擅长五言诗，多描写边塞风光，他的诗气势开阔，经常被乐工传唱。

韦庄（836—910），字端己，京兆杜陵（今陕西西安）人。唐代诗人、词人。早年因写长诗《秦妇吟》而闻名，被称为"秦妇吟秀才"。他写词婉转多情，与温庭筠共称"温韦"。

温庭筠（812—866），原名岐，字飞卿，太原祁（今山西祁县）人。唐代诗人、词人。他天资聪颖，传说叉手八次就可以完成一篇诗文，所以人称"温八叉"。

文天祥（1236—1283），字履善，又字宋瑞，号文山，吉州庐陵（今江西吉安）人。南宋末期的民族英雄、爱国诗人。他的名句"人生自古谁无死，留取丹心照汗青"被人们历代传诵。

X

夏完淳（1631—1647），字存古，松江华亭（今上海松江）人。明代抗清英雄、诗人。他少年有为，文武双全。他的诗文表现了他的爱国主义精神，感人至深。

薛涛（768—834），字洪度，长安（今陕西西安）人。唐代歌伎，善于作诗，人称"女校书"。她写诗时独创一种深红底色的信纸，被人们称为"薛涛笺"，流传于世。

Y

杨巨源（755—？），字景山，河中（今山西永济）人，唐代诗人。他的诗格律工整，语言精致，常有一些立意新颖的佳句。

杨万里（1127—1206），字廷秀，号诚斋，吉州吉水（今江西吉安）人。南宋诗人。他善于描绘自然景色，诗歌风格清新灵动、风趣诙谐，被人称作"诚斋体"。

叶绍翁（生卒年不详），字嗣宗，号靖逸，处州龙泉（今浙江龙泉）人。南宋诗人，他主要写作七言诗，内容多为描写田园生活。代表作有《游园不值》等。

于谦（1398—1457），字延益，号节庵，钱塘（今浙江杭州）人。明代政治家、诗人。他为人清正廉明，关心民生，是一位为人称道的好官。

虞世南（558—638），字伯施，越州余姚(今浙江慈溪观海卫镇鸣鹤场）人。初唐著名的书法家、诗人。他的书法刚柔并重，遒劲有力。一些边塞诗和咏物诗写得清刚劲健，代表作为《蝉》。

岳飞（1103—1141），字鹏举，相州汤阴（今河南安阳）人。南宋抗金名将，曾极力反对朝廷议和。因被奸臣秦桧诬陷，抱冤而死，追封谥号为忠武。

Z

张继（生卒年不详），字懿孙，襄州（今湖北襄阳）人，唐代诗人。他的诗作多以刻画他的游历生活为主，语言自然朴素，余味隽永。

张九龄（678—740），字子寿，韶州曲江（今广东省韶关市）人。唐代有名的贤相，诗人。举止优雅，气度不凡。他的诗语言质朴，清淡素雅，常常寄托着高远的人生理想。

郑燮（1639—1756），字克柔，号板桥，江苏兴化人。清代书法家、画家、诗人。他擅画竹子和兰花，并常在诗作中歌颂它们的高洁品质。他的画作、书法和诗作，被后人称为"三绝"。

朱熹（1130—1200），字元晦，号晦庵，徽州婺源（今江西婺源）人。南宋著名文学家、哲学家。他推崇儒学，提倡理学，是宋代理学的集大成者。他的诗文中常透露出理学之风，有很强的哲学意味。

祖咏（生卒年不详），洛阳（今属河南）人。他和王维是好朋友，一生穷困。他作诗常冥思苦想，写出来的诗语言工整，经常会有格调很高的诗句。

左思（约250—305），字太冲，齐国临淄（今山东淄博）人。西晋著名文学家。他其貌不扬却才华出众，他的诗歌，尤其是《咏史》，强烈地抒发了对现实的不满。左思笔力矫健，气势昂扬，后人称之为"左思风力"。

图书在版编目（CIP）数据

读故事赏古诗 / 陈昳，陈朗编著. —上海：少年儿童出版社，2015.1
（上下五千年国学书系）
ISBN 978-7-5324-9603-7

Ⅰ.①读… Ⅱ.①陈…②陈… Ⅲ.①古典诗歌—诗歌欣赏—中国—少儿读物 Ⅳ.①I207.22-49

中国版本图书馆CIP数据核字（2014）第228962号

"上下五千年"国学书系

读故事赏古诗

陈　昳　陈　朗　编著
费　嘉　装帧

出版人　冯　杰
责任编辑　马淑艳　　美术编辑　费　嘉
责任校对　黄亚承　　技术编辑　谢立凡

出版发行　上海少年儿童出版社有限公司
地址　上海市闵行区号景路159弄B座5-6层　邮编　201101
印刷　天津旭丰源印刷有限公司
开本 720×980　1/16　印张 11.5
2015年1月第1版　　2022年11月第3次印刷
ISBN 978-7-5324-9603-7 / K·249
定价 28.00元

版权所有　侵权必究